転換期を読む32

倉橋健一◆著

宮澤賢治

——二度生まれの子

未來社

宮澤賢治——二度生まれの子★目次

宮澤賢治——二度生まれの子

装幀——伊勢功治

修羅の自覚

宮澤賢治は、存在としての生活を、思想の原質として最後まで考え抜いた人であった。このことをもっとも端的に語るのは、やはり『農民芸術概論』『農民芸術概論綱要』『農民芸術の興隆』という三つの草稿である。ともに一九二六年（大正十五年）の一月から三月にかけて、当時賢治が教師をしていた花巻農学校に開設された岩手国民高等学校の講義用として書かれ、のちの羅須地人協会に引き継がれた。このうちの『農民芸術の興隆』は、こんにち私たちが読むことのできるものについても、ほとんどノートのままであって、まだ独自な表現に達していない。そしてこのノートは、当時大正時代のジャーナリズムにはなばなしく活躍した室伏高信の『文明の没落』の、「機械主義のもとに、商業主義のもとに、劃一的中央集権のもとに、世界都市的大社会のもとに、何の文化、何の芸術がありうるか」という、都市中心の文明を否定して、土に還る、という発想のほとんど引き写しであることが、上田哲氏の『宮澤賢治と室伏高信』の文章などによって、明らかにされている。『農民芸術概論』については、二十八歳ごろから

三十三、四歳までの五ケ年の年月を経て、はじめて完成の域に達したものであることがほぼ定説になっているようである。しかし私はここでは、生前賢治が秘して発表せず、わずかに講義に使用されたのみであったことにあえて着目していきたい。いうまでもなく、そのかぎりにおいて、それらはなお未完成であり、内省的発言であると思われるからである。

この『綱要』の「序文」のところで、「われらはいっしょにこれから何を論ずるか……」をめぐって、冒頭賢治はつぎのように書きとめている。

おれたちはみな農民である　ずゐぶん忙がしく仕事もつらい
もっと明るく生き生きと生活をする道を見付けたい
われらの古い師父たちの中にはさういふ人も応々あった
近代科学の実証と求道者たちの実験とわれらの直観の一致に於て論じたい
世界がぜんたい幸福にならないうちは個人の幸福はあり得ない
自我の意識は個人から集団社会宇宙と次第に進化する
この方向は古い聖者の踏みまた教へた道ではないか
新たな時代は世界が一の意識になり生物となる方向にある
正しく強く生きるとは銀河系を自らの中に意識してこれに応じて行くことである
われらは世界のまことの幸福を索ねよう　求道すでに道である

これだけのうちに私たちはすでに、賢治の思想の中核となるべき、いくつかの要因に、接することができる。つまり、「おれたちはみな農民である」と断言することで、自分自身もまた百姓であるという自己意識を通底させていること。にもかかわらず現在する農民の生活の状態には否定的で、矮小化した自我存在を否定した、単一的な共同性にこそ向かわなければならないとかんがえていること。ここで〈集団社会宇宙〉と呼び、銀河系を自らのなかに意識してこれに応じて行こう、という発想は、いかにも賢治らしいこのかぎりでは勇壮な飛躍に満ちている。しかし、古い聖者の道を説き、求道すでに道である、と説くことで、すくなくともここではまだ、それが想像力であるよりも、信仰という態度のもつ概念的規定性に深く浸蝕されている。いうまでもなく、信仰のもつある種の概念に規制されることは、賢治にとって終生的課題でもありえた。その点では浸蝕という用語法は適当ではないかも知れない。しかし、名須川溢男氏の『賢治と労農党』などを読んでいると、賢治の内面にある法華経信仰の立場からの思想は、その独自な宇宙感覚をともないつつ、生活実質への下降のなかで微細な揺れと幅をしめしている。すでによく知られるとおり、羅須地人協会を紹介した一九二七年（昭和二年）の「岩手日報」の、青年三十余名と共に羅須地人協会を組織し、趣旨は現代の悪弊と見るべき都市文化に対抗し、「農民の一大復興運動を起こす」といった表現は、花巻警察の調査を受けるところとなり、そのために表立った集会はそれ以後おこなえなくなっていた。名須川氏の論文では、賢治はその当時、労農党稗貫支部にたいして、事務所に親戚の家を借りてやったり、経済的な支援や激励をおこなっている。先の記事によるかぎり、それは『農民芸術概論綱要』を敷衍したものであり、室伏理論そのままであって、それ自体たいして当局が目くじらを立てるほどでもないと言いうる。やはり、集会と労農党との関係が、当局のいっそうの関心を引いたと見るべきであろう。名須川氏も引いている作品一〇一六番を私もここに掲げてみる。

黒つちからたつ
あたたかな春の湯気が
うす陽と雨とを縫ってのぼる
……西にはひかる
白い天のひときれもあれば
たくましい雪の斜面もあらはれる……
きみたちがみんな労農党になってから
それからほんとのおれの仕事がはじまるのだ
……ところどころ
みどりいろの氈をつくるのは
春のすゞめのてつぽうだ……

地雪と黒くながれる雲

「みんなが労農党のめざす方向へ向くことを願望し、賢治もそのために尽している。みんながせめて労農党の運動を支持し、行動するようになってこそ、賢治のほんとうの仕事がはじまるのだ」と、名須川氏は書いているが、これはかなり額面的で字面にこだわりすぎて政治的になりすぎている、と私は思う。先に引いた『綱要』の文からでも、賢治は、「ずゐぶん忙がしく仕事もつらい」生活現実を直視しつつ、そこへ〈銀河系〉宇宙意識による集団社会への解放を眺望しつつ、かつそこへ内的な自己否定の契機をおいたのである。室伏理論に惹かれつつ、そこには現在時への百姓の生活苦への否定がデスペレートに激しく疼いている。労農党とは、ここでは羅須地人協会の実際活動につながる、否定しうる自己を直視しえた農民像の象徴に他ならない。つまり賢治にとっては、このような体制に反抗する若者たちの心性のうちにこそ、共有への素地が見出しえたのである。森荘巳池氏の『回想の宮澤賢治』のなかに、一九二四年(大正十三年)三月に賢治が、『陽ざしとかれ草』を発表した詩の雑誌〈反情〉をめぐって、それを森氏に紹介した「岩手日報」の編集部の帷子勝郎の手紙のことが出ていて、そこには「プロレタリアの文芸が、きっとほんとのものになると思ふ、この本が、県下に於てひとつのみ見る無産者の文学誌である」と書かれている。農民のための文学雑誌である第一次の〈種蒔く人〉が出たのは、一九二一年(大正十年)二月、秋田県土崎港においてであった。

北川透氏は、先の「もっと明るく生き生きと生活する道を見付けたい」という『綱要』の冒頭三行を論理的につきつめていけば、絶対に芸術の問題ではなく、封建的な地主制度にぶつかる、と述べて、「あの『綱要』の序論はなんともユニイクだね。ただ、このユニイクさは、少しもいわゆる〈芸術概論〉の序論になっていないところにあるのじゃないか」(『農民芸術概論』をめぐって)と述べているが、一面では賢治にとっては、このようなたあいのない錯誤こそが、本来同化されるべき変革への具体的な意志であった。この点をめぐって、私は政治と文学論が素朴に混淆した大正末期から昭和初期の社会的な過渡期の状況を、憶測ながら賢治の身辺に色濃く漂わせておきたい。〈反情〉などもその一つであって、そこには決して文字化されることのなかった、〈反情〉編集人の海野草二などと語りあかされた日々の雰囲気などを想定しておきたいのである。岩手日報などの記者などに熱い期待を抱かせるような状況は、たしかに存在したはずであった。「生き生きと生活する道」とは、たしかに発想としては、武者小路実篤の〈新しき村〉と酷似している。先に引いた詩を見ても、文体から感じとれるのは、「みんな労農党」という、労農党の存在概念をはなれても可能な、楽天的な重農主義的な生き生きした心性への賛歌である。つまりここでは、機械化の作用による人間滅亡という、デスペレートな都市否定論と根本的対立関係にある人間救済の農村という、室伏理論の呪術性をう呑みにした上でも成り立っ賢治の状況感覚があると言わねばならない。私たちがここで想像できるのは、このようにして人のよい、そして一方では徹底的な技術革新を標榜している、いかにも田舎者らしいゆったりした賢治像である。「おれたちは」と複数形が意志できるように、忙がしくて仕事のつらい農民生活の現実に、自分も一体化しうると信じている賢治自身の楽天的な一面である。つまりここには、生活の根拠を、自らの文体をばねとしえないままに交換可能に領有している賢治の、緩慢な共同体思想とも言うべき姿が現前している。おそらくそれは賢治の内部にあっては、さらに屈折した無意識裡に練りあげられた心情が晒した、逆照射された意識の切断面であると見ておいてもよいであろう。そして私の考えでは、同じ稜線をたどるもうひとつの軸は、おそらくあの禁欲になるのではないかと思う。

私は春から生物のからだを食ふのをやめました。けれども先日「社会」と「連絡」を「とる」おまじなゐにまぐろのさしみを数切たべました。又茶碗むしをさじでかきまはしました。食はれるさかながもし私のうしろに居て見てゐたら何と思ふでせうか。「この人は私の唯一の命をすてたそのからだをまづさうに食ってゐる。」「怒りながら食ってゐる。」「やけくそで食ってゐる。」「私のことを考へてしづかにそのあぶらを舌に味ひながらさかなよおまへもいつか私のつれになって一緒に行かうと祈ってゐる。」「何だ、おらのからだを食ってゐる。」まあさかなによって色々に考へるでせう。

さりながら、(保阪さんの前でだけ人の悪口を云ふのを許して下さい。) 酒をのみ、常に絶えず犠牲を求め、魚鳥が心尽しの犠牲のお膳の前に不平に、これを命《いのち》とも思はずまづいのどうのと云ふ人たちを食はれるものが見てゐたら何と云ふでせうか。もし又私がさかなで私も食はれ私の父も食はれ私の母も食はれ私の妹も食はれてゐるとする。私は人々のうしろから見てゐる。「あゝあの人は私の兄弟を箸でちぎった。……」

これは一九一八年（大正七年）五月十九日保阪嘉内あて書簡の一部である。「あゝ、かぶとむしや、たくさんの羽虫が、毎晩僕に殺される。そしてそのただ一つの僕がこんどは鷹に殺される。それがこんなにつらいのだ。あゝ、つらい、つらい。僕はもう虫を食べないで餓《う》ゑて死なう。いやその前にもう鷹が僕を殺すだらう。いや、その前に、僕は遠くの遠くの空の向ふに行ってしまはう」と独白する『よだかの星』のモティフが、そのままそこに書きつけられていると言ってよい。『よだかの星』のよだかは、この禁欲の思想を徹底化することによって、燃えつづける星になり、彼岸に到達するのである。禁欲の内実は、このような生きとし生けるものへの、全面的な生の自由を背景にして発起されていると言ってよいと思う。禁欲そのものとしては、一九二一年（大正十年）国柱会に入会以来、父にむけて真宗から法華宗への改宗を願って入れられず、突如、日蓮遺文集が棚から落ちて背を打ったのを啓示に、東京に出奔した時期の、父の仕送りも「謹しんで抹し奉る」と送り返していたころの生活が、最初の具体的な行為と見られるだろうが、その点については、森荘巳池氏の『宮澤賢治の肖像』に述べられているとおり、「禁欲は、けっきょく何にもなりませんでしたよ、その大きな反動がきて病気になったのです」と、賢治自身がのち話したことなどによって、いったん閉じておいてよいと思う。むしろ先の保阪嘉内あて書簡に見られるとおり、そしてその記述のなかに「わが若きすなほな心の社会主義よ、唯一の実在に帰依せよ」と書きつけた、その思想的なものの原質こそが大切ではなかろうかと思う。

青江舜二郎氏の『宮澤賢治・修羅に生きる』は、宮澤家の家族の注釈にたいする、少々感情的なまでのたかぶった叙述の態度が気になるが、校本編集者たちの眼差しとは異なる、歯に絹を着せない独自な視角があって、私の素朴な疑問、たとえば、『漢和対照妙法蓮華経』につよい感動を受け、それに帰依しながら、報恩寺の尾崎文英について参禅したのはなぜだろうか、とか、浮世絵などへの関心がどうして禁欲の思想などとあい結ぶのだろうかとか、賢治とトシの往復書簡は、賢治が盛岡高農の寮にいて、トシが東京の日本女子大に居たころなどは毎週あったことがわかっているのに、なぜ残されないのだろうかとか、という点をとき明かしていくためには面白い意見が多いと思った。私はここで青江氏の言う〝マキ〟の存在のしかたについては、強い関心をしめしておきたい。青江氏はここで、〈マキ〉と言うのは〈ドシのマキ〉を指し、〝ドシ〟といえばレプラのことであると指摘している。当時まだ遺伝とかんがえられ、治療の方法はまったくなくて、天刑病とかんがえられていたレプラである。ただ、青江氏のつぎの叙述に注目しておきたい。「こう書いてくると、いかにも私はいじわるく宮澤家がこのマキであったと、古傷をえぐり出すように思われるだろう。だが、そうではない。そうではないのだ。私がいいたいのは、賢治一家がこうしたいいつたえの〝業〟（迷信といってもいい）を、長い間負ってきたこと、しかもそれがいつだれに起こるかもしれないという恐怖から、生涯脱出することができなかった不幸を、その〝生〟の根抵に見るべきではないかということだ。」

ここで青江氏が述べているのは、このような桎梏を背負わざるをえなかった賢治の内面である。つまり宮澤マキ（一族）とは、何代も前から花巻地方の富を独占してきた家柄であって、同時にそのあくどい搾取は、土地の人々の長い怨嗟をかってきたことでもあった。昭和四十七年版筑摩書房の全集別巻の『宮澤賢治研究』にある飛田三郎氏の『聞書』が述べている、花巻周辺部落の信仰がすべて〈かくし念仏〉で、それが墓地と寺をもつ仏教各宗に、ほとんど生理的に対立していたことも、宮澤家が浄土真宗安浄寺の檀家で、日常生活が仏壇で規制されていると言ってよいほど父政次郎が熱心な仏教徒であったことをかさねるとき、そこにある取り返しのきかない違和の存在に根拠をあたえるような気がする。内田朝雄氏の『私の宮澤賢治』は、「付、政次郎擁護」というサブタイトルがあって、おだやかに青江氏とは対立の位相をしめしているが、ここには高橋梵仙氏の資料などを援用しながら、かつて稗貫郡花巻鍛治町の阿弥陀如来堂に寺小屋をひらき、〈かくし念仏〉を広めた雲随派の僧が、宮澤家の菩提寺である安浄寺の住職によって、邪義なりと訴えられた事実が書きとめられていて、注意を引く。「彼等の和尚への追慕の思いはそのまま安浄寺につながる人々への憎しみであったろう。その安浄寺の檀家の総代の長男が賢治である。松の林の小舎に来た賢治をとりかこむ秘事法門の眼のきびしさは想像にあまるものがある。」

質、古物商を手広くおこなってきた宮澤マキ（一族）の存在は、困窮と重労働にあえぐ圧倒的多数のこの地方の貧農層の人々のあいだにあって、あらゆる意味で対立の位置しかもちえなかった。くわうるに父政次郎は賢治の時代に町会議員をつとめる町の名士であり、家長の権威は、その内外ともに想像以上に高かったと言わねばならない。新修版全集の年譜には、その時代の岩手県の実情が要領よく書きこまれているが、大雨、地震、低温霖雨などによる凶作はひんぱんに起き、農家は困窮の上にさらに困窮をきわめている。「古い布団綿、あかがついてひやりとする子供の着物、うすぐろい質物、凍ったのれん、青色のねたみ、乾燥な計算その他」（一九二〇年（大正九年）保阪嘉内あて書簡）これは二十四歳のときの手紙だが、盛岡中学を卒業して肥厚性鼻炎のため入院、あと家業を手伝うが、店にすわらされると質草を取らない、相手がのぞむだけ金を渡してやる、父親が店に顔を出すと姿を消してしまうといった生活をくりかえしていたときも同じだったろう。青江氏の叙述で興味深いのは、このような状態のなかにあって世間の〈ドシのマキ〉などという迷信に、賢治自らがしだいしだいに巻き込まれていく、という経過である。ここから孤絶化され密閉化された絶望の状態での、妹トシとの交情が推定されるが、ここはよく検討してみなければならない問題だろう。ただ窮極、青江氏のいくつかの見解を踏襲することになるかも知れないが、私は賢治の最初の転換の理由は、島地大等の法話が直接の契機ではなく、やはり父政次郎を頂点とする、宮澤家の〝家〟にたいする否定形の眼差しにこそ隠されていたと思う。

学校の
志望はすてん
木々のみどり
弱きまなこにしみるころかな

粘膜の
赤きぼろきれ
のどにぶらさがれり
かなしきいさかひを
父とまたする

ぼろぼろに
赤き咽喉して
かなしくも
また病む父と

いさかふことか

作品の出来映えについては、ここではまだ語るほどのこともなかろう。啄木の模倣だけが目に染みる感じもするが、このような父とのいさかいへの執着は、これだけである屈折をしめしている。〈弱きまなこ〉とは、屈折した心情がしめしたこのときの自己表現であろう。言うまでもなく、このときの〈父〉との対立は、賢治が長男であることを抜きにしては考えられない。賢治の先輩の石川啄木も、放浪の詩人などと言われながら、長男として家族を背負い切るという桎梏から遁れえなかった人であった。家族（親）の生活のことを、一度も念頭からはずすことなしにつづけられねばならなかった啄木の放浪は痛ましい。「父は賢治の前途を考え、希望した盛岡高等農林学校の受験を許した」かどうか。この年譜の記述は、いかにも綺麗ごとにすませていて疑わしいと思わねばなるまい。家業を継がねばならないのは父の意志であり、賢治もまた長男の宿命のゆくえを覚悟せねばならなかったはずである。すこし飛躍するようだが、ここで私は『日本人の精神史』第三部にかきとめた亀井勝一郎氏の、いわゆる中世、鎌倉期に起こった宗教は、法然以下、栄西も親鸞も明恵も道元も日蓮も一遍も、「死の凝視を通して生を凝視しているのだ。それは執着と妄念を凝視することであり、そこから離れようという放下のための戦いをつづけることだ」という言葉を思い出しておきたい。「造形からも文字からも離脱し、信仰そのものの内的純化を志した」と、亀井氏はその凝視のありかたを述べているが、もし十八歳の賢治に『漢和対照　妙法蓮華経』がほんとうに影じたとすれば、このような〈凝視〉の激しさだったのではないだろうか。法華経に説かれている〈三千大千世界〉の無限の空間、あるいは〈三・五塵点劫〉の永遠の時間という概念が、のちの〈四次元空間〉〈銀河系宇宙思想〉にそのまま被いかぶさったことは疑いないとして、「法華宗を助けて末法に流通す」という仏教的終末感が、宮澤マキの存在に投影していたのではないかという思いもぬぐい難い。中村文昭氏の〈父殺し幻想〉ほどの悲惨なゆきつきかたはともかくとして、父を象徴とする宮澤マキにたいする葛藤は、そのとき内的根拠地を確立することで、はじめて目標を定めることになったことのように私には思われる。

心象のはひいろはがねから
あけびのつるはくもにからまり
のばらのやぶや腐植の湿地
いちめんのいちめんの諂曲《てんごく》模様
（正午の管楽よりもしげく
　琥珀のかけらがそそぐとき）
いかりのにがさまた青さ
四月の気層のひかりの底を

唾《つばき》し　はぎしりゆききする
おれはひとりの修羅なのだ
（中略）
草地の黄金をすぎてくるもの
ことなくひとのかたちのもの
けらをまとひおれを見るその農夫
ほんたうにおれが見えるのか
まばゆい気圏の海のそこに
（かなしみは青々ふかく）
ZYPRESSEN　しづかにゆすれ
鳥はまた青ぞらを截る
（まことのことばはここになく
修羅のなみだはつちにふる）

あたらしくそらに息つけば
ほの白く肺はちぢまり
（このからだそらのみぢんにちらばれ）

いてふのこずえまたひかり
ZYPRESSEN　いよいよ黒く
雲の火ばなは降りそそぐ

詩集『春と修羅』から同名の『春と修羅』。誌面の都合と馴染み深い作品というせいもあって全部は引かない。ただ、ここでいう〈修羅〉という自己規定は、仮に青春そのものの自己表白としても、存在そのものにたいする決意としても、きわめて病理的な内的過程を経なくては得られない、いわゆる宙吊りの姿勢をしめしている。ここで鎌倉以後の仏教の本質は、地獄のさなかでの安心だと言い、〈救い〉という言葉の内容のひとつは安心であり、いまひとつは自由であると教えてくれたのは真継伸彦氏だが、このほとんど無内容にも近い虚無の極北は死（彼岸の世界）である。死後の安心が〈救い〉の内容であることは、虚無の相のなかで明澄に嗅ぎ分けられていると言ってよい。「修羅のなみだはつちにふる」とは、修羅もまた涙をもつと言うことになるが、仏教でいう修羅は、人間世界より下の動植物との中間に存在する、いわば両極から疎外される位置に立っている。賢治の心象は、それがこのとき青春そのものの光だったとしても、ひとつの固有の存在から突き放されたものの悲歎をかこちながら、自らの内部では救済をめがけて深い呻きをくりかえしていたのだと思う。「修羅のなみだはつちにふる」とは、自ら修羅を生きとおしながら、かぎりなく人間に接近しようという激しい意志（願望）

である。そのとき「序文」にうたわれる「あらゆる透明な幽霊の複合体」という虚像が、いっそうあらわなかたちで登場する。宮澤マキからの虚像、宮澤マキをとりかこむ周囲の人々の眼差しからの虚像、そして〈家〉の象徴としての父政次郎からの虚像が、対象化された〈修羅〉の実体であると思う。

賢治の高等農林学校時代の短歌に、農民への関心がまるで見られないことは、すでに説かれているとおりである。家の権威としての父政次郎にたいするいやしがたい抵抗は、外部を凝視する猶予をほとんどもたらさなかったと、ひとつは考えてみてもよいだろう。同時に、その地方の上層階級に所属して、その制度上のさまざまな掣肘にたちあわざるをえなかった賢治にとっては、進学はともあれ、その抑圧からの部分的な解放であり、同時に法華経への接近は、宗教のもつ本質的な布教性という俗性ゆえにも、外部にたいする眼差しを開かせうるものであった。同時に土地や地質をめぐる関心は、賢治の内部にはじめて生産の概念をあたえたのである。私はそれ以後、ずっと羅須地人協会までにいたる全過程をとおして、その全体を生活（生産に関係づけつつ）する意志が先行するかたちでとらえておきたいと思う。たとえば、『ペンネンネンネンネン・ネネムの伝記』から『グスコーブドリの伝記』への転移は、中村稔氏も言うとおり、前後六年から十年の歳月を距ててふたたび書き直された結果、主人公ネネムの生涯と後者の主人公ブドリの生涯の決定的なちがいは、ネネムは農民のなかへ戻っていかなかったという点にある。ブドリは、最後はイーハトーブ地方を火山の被害から守るために、カルポナード島を爆破し、自分は自覚してひとりその犠牲になって終わる。かつて飢謹のために、両親に死に別れねばならなかったブドリとネリの幼ない兄妹の宿命へ、「このお話のはじまりのやうになる筈の、たくさんのブドリのお父さんやお母さんは、たくさんのブドリやネリといっしょに、その冬を、暖いたべものと、明るい薪《たきぎ》で楽しく暮らすことができたのでした」という結末は印象深い。それにたいしてペンネンネンネンネン・ネネムは世界裁判長になって巨大な権力を握り、二百年も三百年も前に貸したお金の金利を、順ぐり前のものから取り立てて後のものに払っている三十人のひもをつかまえて、「おまへたちはあくびをしたりゐねむりをしたりしながら毎日を暮らして食事の時間だけすぐ近くの料理屋にはひる、それから急いで出て来て前の者があまりまだ遠くへ行っていないのを見てやっと安心するなんといふ実にどうも不届きだ。それからおれがまうけるんじゃないと言ふので、悪いことをぐんぐんやるのもあまりよくない。だからみんな悪い。みんなを罪にしなければならない。けれどもそれではあんまりかあいさうだから、どうだ、みんな一ぺんに今の仕事をやめてしまへ」と裁判し、群衆の喝采を浴びる。そして位を読みあげるだけに二時間かかり、勲章が室の壁いっぱいになったあげく、奇術大一座のスターになっている妹のマミミに再会し、最後にサンムトリ火山の噴火を予言した結果得意になり、踊ってあばれて足をすべらせ、そしてばけものの世界から人間の世界に転落し、巡礼に呪文をとなえられ、気絶してクラレの野原によみがえる。校本にはなく、手元の角川文庫に収録されている「ペンネンネンネンネン・ネネムの改心」という最終章の梗概のみがかえって印象深い。先のネネムは農民のなかへもどらなかった、という中村氏の言葉をさらに引けば、ネネムの体験は、すなわち商業都市にある不幸ということになる。『ペンネンネンネンネン・ネネムの伝記』がいつごろ書かれたか、いろいろ異説もあって私には判定しにくい。ただ農民への意志の欠落という点から逆算すれば、『春と修羅』より後になるとは信じ難い。私は小倉豊文氏の角川文庫版の主張をとって、一九二〇年（大正九年）ごろと考えておきたい。トシの看病のあと帰郷して、家業の質屋の店番をして暗い生活を送ったころで、家出の前年である。書簡などを見ても、この時期、信仰への激しい接近はみられるが、農への関心は具体的ではない。そしてネネムは強大な権力をもつことで、累積された利子所得者の営為を全面的にストップさせながら、なおかつ改心を強いられて、ある挫折に遭遇しなければならないのである。宮澤マキへの否定形をつらぬきながら、なお宮澤マキの成員という現実に立ち会わねばならない賢治の苦悩は、むしろ商業世界にとどまりつづけるというネネムの内面に深く根ざしているように思われる。そしてやがて、幽霊の複合体としての虚像へ、修羅の内面にある人間（農民）への願望へと動きはじめたとき、ネネムからブドリへのひそかな転移がはじまるのである。

一九二七年（昭和二年）ごろに書きあげられ、校本によると、三一年（昭和六年）ごろの黒インクの手入れによって、大きな変革をもたらしたとされる『ポラーノの広場』の、改変が集中した「風と草穂《くさぼ》」の章のなかの、廃棄されたとされるキュースト演説のなかには、つぎのような発言がみられる。「あゝはい《ママ》っておくれ。おい、みんな、キューストさんがぼくらのなかまへはい《ママ》ると。」「ロザーロ姉さんをもらつたらいゝや」という叫びに思わずぎくりとしながらキユーストは、「いや、わたしはい《ママ》らないよ。はい《ママ》れないよ。なぜなら、もうわたしは何もかもできるといふ風にはなつていないんだ。わたしはびんば《ママ》うな教師の子どもにうまれてずうつと本ばかり読んで育ってきたのだ。諸君のやうに雨にうたれ風に吹かれ育つてきてゐない。ぼくは考はまつたくきみらの考だけれども、からだはさうはいかないんだ。けれどもぼくはぼくできつと仕事をするよ。ずうつと前からぼくは野原の富をいまの三倍もできるやうにすることを考へてゐたんだ。ぼくはそれをやって行く。」

この発言は、「さうだ、諸君、あたらしい時代はもう来たのだ。この野原のなかにまもなく千人の天才がいっしょにお互に尊敬し合ひながらめいめいの仕事をやって行くだらう。ぼくももうきみらの仲間にはい《ママ》らうかなあ」という自らの発言のあとの、「あゝはいつ《ママ》ておくれ。おい、みんな、キューストさんがぼくらのなかまへはい《ママ》ると。」という先の応酬を受けてあらわれる。

この廃棄された章のかかれたのが二七年（昭和二年）ごろであるという推定に、いま一度立ちどまってよいと思う。労農党稗貫支部ができたのも二七年であった。私たちはここで、有島武郎の『宣言一つ』を思い出してよいのではあるまいか。羅須地人協会の渦中にあった賢治が、キューストの口をとおして語らせた「諸君のやうに雨にうたれ風に吹かれ育ってきてゐない。ぼくは考はまつたくきみらの考だけれども、からだはさうはいかないんだ」という主張は、そのまま羅須地人協会の運命と困難をも物語っていると云えまいか。いま一度『農民芸術概論綱要』のはじめの一行を思い出してもよい。「おれたちはみな農民である。」（傍点筆者）

有島武郎の『宣言一つ』は、来たるべき時代の文化は第四階級（プロレタリア階級）のものであることを信じながら、みずからはそれ以外の階級に生まれ、育ち、教育を受けたものであることを自覚して、当時一般には、インテリゲンチャの敗北宣言と受けとられたものであった。これは『小作人への告別』を書き、有島農場を共生農園として解放する半年前の、一九二二年（大正十一年）一月に書かれている。言うまでもなく、賢治のキュートストの立場を、有島武郎のそれにそのままつなぐことは無理がともなう。しかし私は、三一年（昭和六年）改稿の最終形と目される作品の、ごくあいまいな、演説をしようとせず、仲間に入ろうとも言わず、若者たちの産業組合の構想に助力を約束するだけで終わる経緯よりも、すすんでその限界を告白する過程に、賢治の立った時代の位相を見なければなるまいと思う。つまり現実行為としての非農民を、根抵的に意識化しえたところで、内的生命としての第四次元の芸術へ、つまり文学表現固有の、空の空なるものへの構想へとはじめてすすみ出したのではあるまいか。私はここで、仏教の救済の理念のうちの、安心と自由の命題にいま一度注目しておきたい。たとえば一九二五年（大正十四年）以前に書かれていた『風野又三郎』が、幻想のなかの風の神の子であるのにたいし、最晩年に書かれた『風の又三郎』では、高田三郎という固有名詞をもつ転校してきた具体的な少年が登場する。それを風の又三郎だと考える少年や、逆にそれに猜疑心を抱く少年などの葛藤のなかで、つまり現実の少年たちの内なる自由のなかで高田少年は徐々に、ほんとうの幻想の風の又三郎へと昇華していくのである。『注文の多い料理店』の賢治自身のメッセージである、付録の新刊案内のなかの「イーハトヴは一つの地名である。強て、その地点を求むるならばそれは、大小クラウスたちの耕してゐた、野原や、少女アリスガ《ママ》辿った鏡の国と同じ世界の中、テパーンタール沙漠の遥かな北東、イヴ《ママ》ン王国の遠い東と考へられる、実にこれは著者の心象中に、この様な状景をもって実在したドリームランドとしての日本国岩手県である。」という記述は、もはや仮構のなかにしかありえない想存在の、たしかな価値に言及したものに思われる。これは数少ない賢治の文学理論としても出色であり、私は心象の暗い手続きに、理論のかたちをとおして参加しようとした願望とも言うべき発言のかたちに注目しておきたい。宮澤マキの成員として、父政次郎を中心とする大きな桎梏から、たえず孤独を強いられねばならなかった賢治は、他方では、宮澤マキそのものにたいする貧しい農民たちの呪咀のような眼差しをも一身に浴びねばならなかったのである。修羅とは、この二重に屈折した心情の表白した姿ではあるまいか。ゆえにまた修羅に生きることを自覚しえたことで、修羅から仏へいたる道としての安心と自由の根源性を獲得しえたと言いうる。この新刊案内のなかの、そこでは、あらゆることが可能であり、「罪や、かなしみでさへそこでは聖くきれいにかゞやいてゐる」という一行は、とりわけ象徴的である。賢治は、罪やかなしみが消えることをすこしも期待していない。むしろそこを生きることで時代の諸相とまじえ、生存在の瀬戸ぎわを見つめていたのである。

童話以前

　宮澤賢治はなぜ言葉による表現を、終生の課題として選び抜いたのであろうか。作品が書かれてしまっているという圧倒的な現実に立ちあう前に、とくに賢治については、私たちは一度はこのような原初の問いに立ちつくしてみてもよいように思われる。あるいは言葉という表現が、あまりに間口が広すぎて穏当を欠くようなら、いったんは童話（詩）と狭義にせばめて考えてみてもよい。賢治はどうして童話（詩）を終生の課題として選び抜いたのであろうか。

　高橋秀松氏の『寄宿舎での賢治』によると、盛岡高等農林学校在学の一年生のときからすでに賢治は、暗号文字による詩と歌の日記を書いていたようである。他人に心のなかをのぞかせない用意ばかりでなく、粉飾のないおのが心を、率直に記録したいためであったと思惟される、と高橋氏は書いているが、その高橋氏にたいしては、自分の力で読めと言って賢治はすなおにノートを見せていて、高橋氏の方も、事実まる一日取り組んで、ついに解読することに成功してしまっている。どうやらその内容は、さまざまな作品形式による日記とかんがえてよく、青春期にありがちな多少の自己韜晦をふくめた、自己告白性を鋭く漂よわせるものであったのだろう。一面では、啄木のローマ字日記をも連想させるそれらの行為のなかから、私たちは作品以前の幻想の賢治像を、自由に思い浮かべることもできるが、今はさしあたって高橋氏の同じ文章のなかから、氏がさり気なく書きとめたであろうつぎの数行をめぐって、ひとまずは関心を惹きつけていきたい。

「私の一番惧れていることは、色々と賢治についての研究がそれぞれの大家によってなされてきた、またこれからもなされるであろう。しかし推理の点で彼を論ずるものを見ると、当時の私の記憶と相当の開きを発見する。

そこで私はせめて学生時代の資料を纏めようと企てて清六さんに暗号ノートをどうしたかと問うたら、何ものも残していないというのである。私の推理では彼が詩や童話を超人的速度で作り得た処の資源は、あの学生時代一日も欠かさずに記録した日記帳に在ると思うのである。『アンネリダテンツエーリン』『野の師父』『グスコーブドリの傳記』『岩手山』その他思い当るものが数々ある。」

このうち『グスコーブドリの傳記』は晩年の代表作であり、異型に、『ペンネンネンネンネン・ネネムの傳記』があり、さらに『グスコーブドリの傳記』と平行時間に書かれて、私たちに親しい詩篇『岩手山』は詩集『春と修羅』に同名の作品としてあらわれる。また、『アンネリダテンツエーリン』も、やはり『春と修羅』所載の『蠕虫舞手』のことであり、たしかにノートのなかに原型に近い何ものかがあったことを、その具体性ゆえにはっきり物語っているように思われる。

ここで高橋氏は注意深く、「超人的速度で作り得た處の資源」と書きとめていて、それが作品であったとは書いていない。しかし今見てきたように、具体的な作品がすぐそのあとに記されてくるのを見ると、作品的発想に基づいてそれらが、すくなくとも作品的断片としては書きとめられていたことは疑いない。知られるとおり、賢治の童話の最初の旺盛な創作は、一九二一年（大正十年）二十五歳のころ、突然家を出て上京し、本郷菊坂町の国柱会を訪い、高知尾智耀と信仰について語りあって、ペンを取るものはペンの先に信仰の生きた働きがあらわれると聞かされたことを契機とした、いわゆる「法華文学」と称したころであった。一月に上京し、八月妹トシ病気の知らせで帰郷したときには、大トランクいっぱいに原稿をつめこんでいた。この年七月十三日付関徳称あて書簡のなかには、つぎのような刺戟的な文面があらわれる。

図書館へ行って見ると毎日百人位の人が「小説の作り方」或は「創作への道」といふような本を借りようとしてゐます。なるほど書く丈なら小説ぐらゐ雑作なものはありませんからな。うまく行けば島田清二郎氏のやうに七万円位忽ちもうかる、天才の名はあがる。どうです。私がどんな顔をしてこの中で原稿を書いたり綴じたりしてゐるとお思ひですか。どんな顔もして居りません。

これからの宗教は芸術です。これからの芸術は宗教です。いくら字を並べても心にないものはてんで音の工合からちがふ。頭が痛くなる。同じ痛くなるにしても無用に痛くなる。

ここで、宗教イコール芸術という賢治の主張は、そのまま賢治の文学を理解する上での重要な指標になるが、今はまだそこをたどるまでに私自身が達していない。ただ、ここで興味深いことは、この時期、賢治がすでに自分を、表現者とはっきり自覚していることである。この表現者の自覚の上に、宗教的救済あるいは自己犠牲の意識がなだれこんだとみるべきであろう。この高知尾智耀と語りあって、賢治は多いに発奮しているが、そこが、ぺン、を取るものはという自覚が、賢治の宗教へのコミットを必要以上に激しく規定しえたであろうとも私にはかんがえられる。

それにしても大トランクいっぱいという、半年余りの物質的な創作活動の成果は、年譜のなかでも、どう見てもなお一番無理が感じられるところである。宗教イコール芸術という、内面的な課題を想定すればなおのこと、この量のことはひっかかる。それらは主として、宮澤清六氏の『兄賢治の生涯』のなかで明らかにされた。さらに一九一八年（大正七年）、盛岡高農を卒業した年の夏、『蜘蛛となめくじと狸』『雙子の星』を読んで聞かされ、その口調まではっきりおぼえている、とも書きとめられたことから、新修版年譜などでは、童話の制作はこの時期にはじまったものとかんがえられている。云うまでもなく、大トランクいっぱいの作品の量と、宗教イコール芸術、芸術イコール宗教という作品への契機とのあいだでは、であるから、この時期に全部書かれたという証はない。先の関徳弥あて書簡がしめすとおり、国柱会への入会と同時に、創作活動に入るという前提が、出奔上京という見取図のなかに隠されていたことは明らかである。この当時の知的階層の多くの若者のように、賢治もまたある種の青雲の志に似た心境もふくめて、父の元を去ったのであろう。というより、「古い布団綿、あかがついてひやりとする子供の着物、うすぐろい質物、凍ったのれん、青色のねたみ、乾燥な計算その他」の、宮澤家の店番からの脱出が、それに照応してあったにちがいない。この年五月、盛岡高農の関教授から助教授に推薦すること、なお学業をおさめるよう話があったことにたいして、「父子共に実業へ進む方針であったため辞退する」と、年譜に書かれていることについても、ついでのことながら私はわずかながら首をかしげておく。先の家出のあと、妹トシの病気で帰郷した賢治は、その年の暮、稗貫農学校（のちの県立花巻農学校）の教諭になるが、とすれば「父子共に実業へ進む方針」は、この時期すでにどのように変容していたのであろうか。『兄賢治の生涯』のなかでは、東京の図書館で爆発するように童話を書いたころの挿話として、小学校の恩師八木英三に話したという、「人間の力には限りがあります、仕事するのに時間がいります。どうせ間もなく死ぬのだから、早く書きたいものを書いてしまおうと、わたしは思いました。一ケ月の間に、三千枚書きました。そしたら、おしまいのころになると、原稿のなかから一字一字とび出して来て、わたしにおじぎするのです」という会話が記されている。とすれば、これは一日百枚である。やはり無理というべきであろう。先に私は、この短かい時期に全部書かれたという話はないと述べたが、とりようによっては、この話はそのためのたいせつな証とせねばなるまい。しかし下書稿におけるたえざる手入れを見るにつけても、この単調な物質的な成果は疑問が残る。そして、もし賢治が、創作活動に入るために、家と父との桎梏から遁れるための上京が大切な理由のひとつにあったとすれば、ゆえに、それまで手元に溜めた数々のノートや未定稿をことごとく持参していたとすれば、つまり私は、高橋秀松氏のいう作品的断片が無数に書きとめられたであろう、この原ノートの存在を、どうしても童話の制作のもっとも旺盛にはじまった時期に、かさね合わせねばなるまいように思う。先に述べたように高橋氏は、超人的速度の裏づけとして、このノートの存在を明確に指摘している。氏は寄宿舎生活の思い出を、一九一五年（大正四年）から翌年正月までの、盛岡高農一年生の時代の約九ケ月間に限定しているが、具体的には詩と歌による日記であったはずの暗号ノートが、しだいに童話をふくめた創作ノートへ変貌していったことを、『グスコーブドリの傳記』などの作品を明らかにすることによって証明している。

高橋氏の文章で、さらに注目すべき一点は、賢治とわれわれとは全く兄弟同様の交友をつづけた、とあるその後に、「そして賢治はその妹敏子さんが目白の女子大から一週間に必ず一度の消息をよこすと私の前で開き読み合う。ここに三人の兄弟が出来上がった。緻子さんの文章と文字は賢治のそれとは比べものにならぬ程優れたものであった」と、書きしるしているところにあるように思われる。私も思わず『雙子の星』と『めくらぶどうと虹』と『風野又三郎』に『雪渡り』を合わせて読んだような、めくるめく交感の現場に遭遇したように思った。『雙子の星』の一方は、言うまでもなくトシであろう。同時に、『めくらぶどうと虹』の虹もまた、そのやさしさと気品によって、賢治の内部にあるトシの像であるように思われる。この二人の交感の世界に参入できる高橋氏と賢治のあいだには、人間への警戒を主題にした幻燈会に、怖れもせずに人間である四郎たちを招待する狐の紺三郎たちの、交歓にたいする自由さがあふれている。高橋氏は消息とことわっているが、ひょっとしたら妹トシの手紙のなかには、将来賢治の童話として昇華された素材の多くが秘められていたのではないだろうか。「敏子さんの文章と文字は賢治のそれと比べものにならぬ程優れたものであった」という叙述のなかに、私自身は、手紙一般を乗り越えたある幻想世界を想定せずに居られない。『永訣の朝』に出てくる「わたくしのやさしいいもうとの、さいごのたべもの」とは、雪の一椀に託した生涯的な喩だったのではないだろうか。

ところで天沢退二郎氏は、『鹿踊りのはじまり』から『なめとこ山の熊』へ、の副題のついた『詩人《宮澤賢治》の成立』のなかで『なめとこ山の熊』にこだわりつつ、つぎのように述べている。

「だが、もちろん小十郎には、ひたすら熊を屠りつづけること以外の何の手だても残されてはいない。《おれも商売ならてめへも射たなけぁならねえ。ほかの罪のねえ仕事していんだが、畑はなし、木はお上のものにきまったし、里へ出ても誰も相手にしねえ。仕方なしに猟師なんぞしているんだ》——熊の死骸の前でのこの述懐には、詩的営為に憑かれたきびしい孤絶、宿命感がたちこめている。

このように、熊を屠ること、聖なるものを屠りつづけること、これが淵澤小十郎の、かぎりなく作品に近づく詩的営為であるとすれば、熊とは、詩人がかぎりなく殺害し供儀の血祭りにあげていく《ことば》そのものに他ならぬ。」

天沢氏の主張は、表現のしめすとおりどこまでも詩人宮澤賢治の成立なのである。言葉をかえれば、書く行為を選んだものの自立をめぐって、この文章は書かれている。言うまでもなく天沢氏自身が詩人であることと、それは深部で密接につながっている。他者（宮澤賢治）をとおしておのれを見る態度も一貫している。それにしても、なぜ賢治はそのようにしてまで、このような書くことの苦——きびしい孤独、宿命感を抱きとらねばならなかったのだろうか。

梅原猛氏は、「賢治は、現代において、まったく珍しく、書くということの本来の意味を知っている人間であった。したがって、彼の詩や童話が、すべてそういう大乗仏教の真理解明の手段として読まれねばならない。人は文学の自主性を弁護するために、いたずらに思想の文学に対する影響に、懐疑的である。」（『修羅の世界を越えて』）と、述べたあとで、賢治の大乗仏教、とくに法華経の影響として、つぎの三点をあげている。生命の思想、修羅の思想、菩薩の思想である。同時に人間は、自然の大生命のあらわれのひとつにすぎないと言う、賢治の宇宙的生命観をとらえだしているが、これは多少ニュアンスの差こそあれ、寺田透氏の「宮澤賢治をユートピヤに生きた人道主義的《ヒューマニスティック》な作者だという見方がある。僕はどうもさうではないらしいと考へる。さまざまな生類より特に人間をかれが尊んだか、人間とともにすべての生者がひとしく尊ばれ憐れまれたのではないか」(『宮澤賢治の童話の世界』)というとらえかたと、根っこで通底しているように思われる。そして、人は文学の自主性を弁護するために……、以下のくだりでは、天沢氏とはほぼ正反対の位置に立っている。梅原氏のこの考えは、直接書く行為と関係なく、賢治が、書くことを選ぶはるか以前に、思想(このばあいは大乗仏教)による感化を、内面化を達成していたであろうという解釈である。思想として書く行為へ結びついたものも、表現者としてはたまたま資質的なものとしての自覚が、自意識のなかにたくわえられていて、そこへ点火したものにすぎなかった、と考えてみても間違いではなかろう、この点をめぐるかぎり、真理解明の手段としての作品という立場から、十八歳のころ、島地大等編著の『漢和対照　妙法蓮華経』につよい感銘を受けたこととは無縁に、「これからの宗教は芸術です。これからの芸術は宗教です」と、自覚的に主張した、先の関徳弥あて書簡において、はじめて具体的すぎるほど照応する。

　書くことへ強いられるものがなんであったか、という原初的な問いかけは、梅原氏の範疇ではむろんのこと、十分ではない。天沢氏の場合には、ひたすら詩人の内面と向き合っていて、作品との抜きさしならない関係のうちで、それはどこまでも方法の問題として現前している。

梅原氏のいう思想としての仏教という軸は、それ自体、賢治文学のうちに包摂されるものとして認識されていて、思想を解明する手段としての文学という視点は捨象されているということである。言葉をかえれば、作品そのものが思想営為であり、想像的存在であるかぎり、すべては方法の問題に集約されるということでもある。そうなると高橋秀松氏の『寄宿舎での賢治』における証言が、ふたたび有用になってくる。賢治の書いた最初の散文は『丹藤川《たんご》』、のちに改題されて『家長制度』だと言われている。『家長制度』から『秋田街道』『沼森』など九篇が、詩『盛岡操車場』の草稿とともに一冊に綴じられていた。同じ時期の歌稿を見ると、ひとつ気づかされるのは、「うれひ」という言葉が非常に多いことである。

ひはいろの
重きやまやうちならび
はこねのひるの
うれひをめぐる

うすびかる
春のうれひを
ひはいろの笹山ならぶ函根やまかな

風わたり
しらむうれひのみづうみを
めぐりて重きひはいろのやま

双子座の
あはきひかりは
またわれに
告げて顫ひぬ　水いろのうれひ

他に「かなしき」などの類似情感語もしきりに多い。私の見るところでは、賢治でなくとも少年期にありがちな、夢みるような感情癖や修辞癖が前面に出ていて、このかぎりでは後年の賢治像を想像することはまだ相当むずかしい。ただひとつ、ふしぎなほど意外に思えるのは、恋歌がほとんど見当らないことである。同時に、「うれひ」を多投する、甘ずっぱい抒情の裏側にあらわれるつぎの短歌数首は、疲弊したある心域を、まるで逆の雰囲気でつたえている。

何もかも

やめてしまへと半月の空にどなれば
落ちきたる霧

落ちきたる霧と半月
なにもかもやめてしまへと
どなりてやらん

つきしろに
うかびいでたる薄霧を
むしやくしやしつゝ
過ぎに行きにけり

にせものの
真鍮の脂肪をもてるその男
青空の下をそゞろあるけり

南にも北にもみんな

にせものの
どんぐりばかりひかりあるかな

はじめの四首は一九一五年（大正四年）三月よりの歌稿から。後の五首は同じ年の十月よりの歌稿から引いた。

「なにもかもやめてしまへ」という怒声は、やがて、「にせもの」という、不明瞭であるが敵意に満ちた対象への用語によって置きかえられていく。作品そのものの出来映えとしては、ここではまだ特別に言い足すこともないが、心の揺れは激しく、苛立ち、焦り、しきりに孤立を強いていることはたしかである。何かが激しく病んでいるのだと言っておいてよいだろう。私はふだん、賢治の童話の全体をとおして、そこに憎悪のあらわれないのを（たとえば『グリム童話』の『白雪姫』では、白雪姫をいじめつくしたお妃は、真赤にやけたスリッパをはかされ、死んで地に倒れるまで踊りつづけねばならなかった）、かえって不思議な思いで見つめるのだが、それら、詩人としての成立期にはもうめった見られなくなる激情が、なにかにたいする憎悪（他者にむけてではなく自分自身にむけているとかんがえてよい）として、ここでは表出している。それが「うれひ」や「かなしき」という、青春期の誰しもにありがちな抒情言語と同じ時期、同じ感性のうちにつむぎ出されていることに、私はことさら着目しておきたいと思う。賢治はいったい何にたいして、誰にたいして、否《ノン》と発したのだったろうか。このようなのつんめりのような、舌足らずな憤激を呼びおこす具体的な心の秘め事が、そこには隠されているはずだとは言いえないだろうか。それが「うれひ」の根抵なのではあるまいか。この憤激をとことん追いつめていけば、何にどのようにぶつかるかは、歌のうちにおいて、むろん賢治はつまびらかにはしていない。むしろその情動的なものが、より本質的であるべきなにものかを隠しているようにさえもみえる。後に引いた歌の四首目、「にせものの眞鍮の脂肪をもてるその男」など、私などにはほとんど了解のしようのない、一面的で説明的な、表現の技術としてはまったく不毛な露出にすぎない。これには異稿に、「にせものの眞鍮色の脂肪酸かゝるあかるき空にすむかな」というのがあって、脂肪酸とは、高位のものはアルコール・エステル（蠟）として存在するというから、こちらはそれなりにイメージの手入れがあってわかりやすい。この異稿にくらべると、歌稿のうたは一段と凄絶さを帯びて、歌稿の手順としては逆になってもよいような気がする。異稿から歌稿へとたどるかぎり、私の印象では、どこまでもすねながら陰にこもっていくという感じである。

新修版全集十四巻の冒頭に収められている『「旅人のはなし」から』という短文は、不整合という点ではどこまでもつじつまの合わない、不安と乖離に充ちたドラマである。旅をつづける、という行為によって、いくつかのエピソードがかさねられていくのだが、そのひとつひとつがどこかでぷっつりとたち切れるような、奇妙な韜晦をしめしている。第一の挿話の肝心の部分はこうである。

……、ふと鴨が一疋、飛んで過ぎました、道ずれの旅人は
「あれは何でございませうか。」とき〻ました、

「鴨です」となんの気もなく旅人も答へました、

「どこへ行ったでせう」

「飛んでいったぢゃ、ございませんか。」

道連れの旅人は手をのばして、この旅人の鼻をギッとひねりました。旅人はびっくりするひまもなく、「ア痛ッ」とか何とか叫びました、
そしたら道連れの旅人が申しました。

「飛んで行ったもんかい」

旅人は、はっと気がつきました。それでも、も少し旅をしなければ、ならないと思ひました。多分さうでせう。


旅人はいったい何に、はっと気づいたのだろうか。それで、それでもどうしてもう少し旅をしなければならないと思ったのだろうか。

第二の挿話は町のまんなかの広い道で出会った乞食坊主が、翌日たくさんの見物人の前で、箱に入って、溶けたように行方不明になっている話である。ひじょうに暑い、自分の影法師を

見るという前提があって、こちらは変身譚や、夏の白い空虚に白日夢のように浮きあがった幻想として、それ自体が一個の散文詩として成立している。喪失感覚、抹消感覚と考えてよいであろう。

第三の挿話は、「戦争と平和」という国へ遊びに行き、悲しみや喜びやらの長い芝居を見て、もはやこの国を出ようとすると、その国の王様が追いかけてきて、「『オイオイ君は、私の本当の名前を知ってゐるか。』と申しながら一層こみ入った様な顔をしてその王様はくるりと後を向いて行」ってしまう。私は挿話を要約しようと思いながら、思わずカッコをつけて、正しい引用に切りかえたのは、引きうつしながら、これもまたなんと奇妙な文章だろうと思ったからである。それにしてもトルストイの国で、旅人はいったい何を経験したのであろうか。王様の胸中にはそのとき、何がどのように去来していたのであろうか。

新修本研究には、宮澤清六氏の『兄賢治の生涯』にある父政次郎がときどきしみじみ語ったという、「賢治には前生に永い間、諸国をたった一人で巡礼して歩いた宿習があって、小さいときから大人になるまでどうしてもその癖がとれなかったものだ」という言葉の引用があって、「父親の述懐をみずから立証するような『旅人』の喩によって、あたかも自分の前世から後世までに対応するごとき観照が提出されている」と説かれている。そのこと自体にたいしては私もべつに異議はない。ただこのドラマの解説としては、この述懐を引くにはお膳立てがととのいすぎるような気がする。この三つの挿話が象徴するとおり、ほんとうはそこにあるのは停止と抹消（喪失）の感覚である。たとえば、王様が私の名前を知っているかと問いかけながら、なぜか答えを待たないでこみ入った顔をするだけで後をむいてしまうのか、とこんどは王様の側から問いかけてみればすぐわかる。（このドラマは結末に、この旅人は王様の王子だったというおちがあって、その伏線のような見かたもあろうが、私はとらない、物語をなんども読みながら、賢治がこのとき精密なプロットの上に書いたとは私には思えないからである。作中人物たちの進行と同時に賢治の書く意識も進行したのではあるまいか。）この停止と抹消を生きおおせる意志が、この短いドラマを貫いているモティフであろうと思う。つまりここで旅とは生命の意志である。旅の内実は、この三つの挿話を越えて、永遠の相としての生命力を発揮する。ときには、王様が詩を朗読するときに菓子を喰べていたという罪で、火あぶりになるはずの子供の代りに死んでやったりもする。この犠牲の主題は、のちにとくに『銀河鉄道の夜』において、私たちのだれにもしたしいものになる。身代りに死ぬ、身代りに罪を引き受けるという代受苦の思想は、イエスにたいしても仏陀にたいしても共通する思想的宗教の端緒であろう。はたして賢治は、火あぶりになるはずの子供の経験を前世においてのみ経験したのだろうか。話は話として、私はそんなふうな神秘化を好まないし、賢治にたいして伝説は不用であろう。ただ注目してよいことは、作中において賢治の生の意識が、すでに此岸と彼岸とを自由に往来していることである。火あぶりになるはずの子供の代りになって死んだり致しました、という叙述は、死の経験が無限の複数でとらえられていて興味深い。このような意識を誘いだしたいくつかの状況は考えられる。盛岡中学の四、五年生時代に、静座法による精神統一による健康法を習って催眠術に凝ったり、一九一二年(明治四五年)十一月三日父政次郎あて書簡のなかで、「小生はすでに道を得候。歎異抄の第一頁を以て小生の全信仰と致し候　もし尽くを小生のものとなし得ずとするも八分迄は会得申し候　念仏も唱へ居り候。佛の御前には命をも落すべき準備充分に候」と書いて、さらに「私の身体は佛様の与へられた身体にて候　同時に君の身体にて候　社会の身体にて候」と、安心と自由を指向していることなどである。「死んだり致しました」は、「私の身体は佛様の与へられた身体」に照応し、安心と自由とによる代受苦を表現している。私の考えでは、このドラマは窮極、「この国には生存競争などと申す様なつまらない競争もなく労働者資本家などという様な頭の痛める問題もなくて総てが悦び総てが真であり善である国であ」る国の王子さまに転生することで、アナーキックな社会主義と大乗仏法を総合するという、のちの羅須地人協会の思想を経て、『銀河鉄道の夜』にたどりつくさまざまな命題を、断片的ながらことごとく提示している。別の言葉でいえば賢治は、きわめて反現実的な夢想の世界を遊行することで、そうありたいと願う夢のことごとくを、もっとも原初的な段階ですでに投げかけていたと云ってよいと思う。その点では、この一篇は、賢治にとっては全生活経験の総量から生み出された、ゆえにまた仮構の世界でなければ実現しえなかった、幻想性と現実を切り結ぶ、書く行為を意識することであったろうと私は思う。

　とすれば作品をたどる過程で、どうして停止と抹消だけがこれほど全面に浮上したのであろうか。第一の挿話と云い、第二の挿話と云い、さらに第三をふくめて、旅という時間軸をたどるかぎり、肝心の時間は黒子のように後方に押し流されて、細い挿話だけが数珠を繋ぐように断片化して水面化する。折りにふれて、それはひどく生臭い人間的であるようでもあり、ときに解脱《げだつ》の胸中をも往還する。私のみるかぎり、停止と抹消という感覚に表象される実感は、どうやら私たちの身体にあらわれるつんのめりに似ているようである。十分に吐露しえないで内側に沈黙性を抱きとったまま、旅人はそのつんのめりに逆らわず、それを受容したままの姿でつぎの行為に遭遇する。東京で買った白い帽子をよごし、靴のかかとをなくしながら、世界のさまざまな国を遍歴したり滞在したりするのであるが、この内心の旅は、どうやらつんのめりの厖大な累積を得たところで、先に引いたユートピアの国家にたどりつくようである。なぜ、賢治は童話を終生の課題としたのだろうか、という問いかけに、私はここで秘かな仮の答えを準備してみてよいと思う。賢治はやはり旅をしたかったのだろう。旅とは生命のことであり。自己意識の確立であるよりも、生けとし生きるものの生を踏襲することであった。裏返して別の言葉で言ってもよい。『「旅のはなし」から』でたどりついた、みずからが王子さまであるユートピアの国家は、賢治にとって、永久につんのめりつづけるしかない人間社会の現実からもたらされたものであった。『なめとこ山の熊』の熊は、撃たれる瞬間、両手をあげて叫んで、「もう二年ばかり待って呉れ」と懇願する。二年経ってその熊は、血をいっぱい吐いて小十郎の家の前に倒れている。最後に闘死する小十郎、いまわのきわに聞くのは、勝った熊の、

「おゝ小十郎おまえを殺すつもりはなかった」というつぶやきである。その発言が熊のがわから発せられていることに注目しなければならないと思う。小十郎の生活は、熊たちのやさしい死心によって支えられている。熊たちは殺められて、小十郎とのやさしい関係を堪能したのである。死心をはさんで、現実生活を生きねばならない小十郎の、人間である苦悩が展開されるのである。先の身代りの死というテーマを思いおこすなら、ここでは旅人の行為は、熊たちの死心の上に築かれる。よく言われる、小十郎が売りにくる熊の皮と胆を買い叩く荒物屋の主人は、いわば人間同士の現実社会にあって、死心という絆を欠いたものの世界である。ついでながら私は、『なめとこ山の熊』は、小十郎の眼差しで熊を見てしまってはなるまいと思っている。死心を中心にした円のなかに、その遠心力と求心力とによって、小十郎と熊たちは生きているのである。このことは、なぜ『銀河鉄道の夜』が彼岸旅行であるのか、という問いにもつながるはずである。

旅とは、あらゆる生命力の転生（喩）であることにはちがいない。私たちがこんにち、賢治の作品の多くを童話と規定しているのは、むろん賢治自身が規定したせいもあろうが、そのファンタジックな構造に、あらゆる生物（動物も植物も）の擬人法としてあらわれる肉声が聞こえるからである。子供のためにつくった物語、という規定は、どうひっくり返してもあてはまらない。しかし、これは汎生命的としか言いようのない、仮構ゆえの産物である。賢治はそこへ参入することでしか、賢治自身の汎生命力を持続する方法を持ち合わせなかったのである。

禁欲を思いおこしてもよい。森荘已池氏の『宮澤賢治の肖像』に述べられている「禁欲は、けっきょく何にもなりませんでしたよ、その大きな反動がきて病気になったのです」という賢治自身の発言は、死心をともなわない現世的なものの末路をしめしている。賢治は旅をしたかったという言葉を、もう一度置きかえてしまってよいと思う。賢治はあらゆる生命に転生したかったのだろう。『「旅のはなし」から』にもどるなら、三つの挿話にあらわれた未完了性こそが、賢治に旅を強いたいっさいであった。つんのめる、というたえざる現実生活の繰り返しのなかで、賢治の内面には、物言わぬあらゆる生命の言葉が見えはじめたのであろう。異界との交信がはじまっていったのであろう。ゆえにまた、第二の挿話が象徴するとおり、賢治の旅は人間たちの眼前で、見えざる人へ、消滅させる人でなければならなかった。『「旅のはなし」から』と、ほぼ同時期に書かれたはずの『復活の前』のなかではつぎのような叙述が見られる。

(今人が死ぬところです)自分の中で鐘の烈しい音がする。何か物足らぬ様な怒ってやりたい様な気がする。その気持がぼうと赤く見える。赤いものは音がする。だんだん動いて来る。燃えている、やあ火だ、然しこれは間違で今にさめる。や音がする、熱い、あこれは熱い、火だ火だほんとうの火、あついほんとうの火だ、あゝこゝは火の五万里のほのほのそのまんなかだ。

作品としては完成度が弱く、たしかに感想手記と読んでもよいような気がする。断片的に短かい塊りとして書かれていて、相互の関係も判断しにくい。「われは古着屋のむすこなるが故にこのよろこびを得たり」という叙述などは、たぶんにシニックな、アイロニーに充ちた発言のように私には思える。しかし今はさしあたって、そのことはどちらでもよい。私は、この消滅の現在進行形というべき姿に息を呑むのである。焔のそのまんなかにいるという意識は、それから長いあいだ、賢治の内部に根づくことになる認識であろうと思う。同時にこの文章は、主体と客体が奇妙に入り混って、ある混沌を招いている。「その気持がぼうと赤く見える」などがそうである。自分の死を見つめているという意識が、自分が灼かれている背後にうずくまっていて醒めた眼差しを通している。さしあたって私はここのところを、賢治の絶対性における死心の場処と云っておきたい、ここで小十郎と熊は、同時に生存と死を経験しているのである。何か物足りぬ様な、という余裕と、肉体の苦痛がはぶかれたところで、これはすでに彼岸の相貌をもふるわせている。

ぼつぼつ高橋秀松氏の文章にある、賢治の暗号ノートに戻らねばならないようである。賢治が小十郎であるときに、最初にあらわれた熊はトシであった（と私は思う）。むろんその逆でもよい、仮構による汎生命世界との交信という、賢治の長い道程は、賢治自身の見えざる人への指向とともに、じつに妹トシとの交信によって、仮構の位置があたえられたのである。賢治とトシとの交信といい、若い高橋氏のそのくわわりかたといい、そこには精選された極小化された絶対の関係が、明澄な輪郭で私たちの前に姿をあらわしている。歌稿に見られる、直接性による憂いと怒声の交換というような現実性のあわいを縫って、そこでは「雪のさいごのひとわん」は、すでに重い実質としての仮構のかなたへ、仮構性にむけてたしかに存在したはずであった。トシの死によって書かれた『無声慟哭』を、その余りに早い客体化にとまどうむきもあるようだが、大トランクいっぱいの草稿の出立同様、私は暗号ノートと呼ばれる一連の作業のなかに、たしかな眼差しで見つめておきたいと思う。童話以前の童話への身妊りに、汎生命体としてのトシの存在は、はるかな転生の契機としてかかわりつづけたはずであった。

水族館の窓

宮澤賢治は、資質として未了性の詩人であったと私は思う。たえずとおいかなたにあるもの〈絶望さえも〉を目指しながら、ついにそれにふれたり到達することのできないままに、しかもなお表現の内実を抜きにしては、とうてい生きることのできない人であった。最後の整理、清書となった『文語詩稿　一百篇』を収める和紙のケースにしるされた「本稿想は定まりて表現未だ定まらず。唯推敲の現状を以てその時々の定稿となす」という、死の直前の、一九三三年（昭和八年）八月二十二日の日付をもつ文などは、未定稿（未了性）への意志を、なによりも鋭くまざまざ物語っている。同時に、「文語詩を大切にして、『なっても（何もかも）駄目でも、これがあるもや。』と言っていました」という、賢治の妹クニさんの口述（新修版全集第六巻解説）は、現実生活と身体のなかにあって、いくえとなく表現にわたるしかその生の価値を見出しえなかった賢治の苦衷を、かぎりなくにじみださせているように思う。それにしても何がどうして、〈何もかも駄目〉という、デスペレートな感慨をよび醒ましたのであろうか。『文語詩未定稿』のなかに、つぎのような作品がある。

土をも掘らん汗もせん
まれには時に食まざらん
さあれわれらはわれらなり
ながともがらといと遠し

にくみいかりしこのことば
いくそたびきゝいまもきゝ
やがてはさのみたゞさのみ
わが生き得んと
うしなへるこゝろと
くらきいたつきの
さなかにわれもうなづきなんや

これは一九二七年（昭和二年）三月十六日の日付をもつ、『春と修羅　第三集』の作品一〇〇八番の文語化である。作品一〇〇八番も掲げておく。

土も掘るだろう
ときどきは食はないこともあるだろう
それだからといって
やっぱりおまへらはおまへらだし
われわれはわれわれだと
……山は吹雪のうす明り……
なんべんもきゝ
やがてはまったくその通り
まったくさうしかできないと
……林は淡い吹雪のコロナ……
あらゆる失意や病気の底で
わたしもまたうなづくことだ

飛田三郎氏の『肥料設計と羅須地人協会』（聞書）のなかには、この作品（口語詩）と、当時の賢治の生活情況をめぐる興味深い発言がある。

「（前略）作品は、部落に入居してから一年ほど経った時期であります。

部落には共同作業として種々の賦役があり、その作業に出役しない家からは若干の金を徴収するのです。そして集めた金は当然の様に慰労の酒食に費されるのです。ひとり身の先生も一戸を構えている以上はその義務?を負ったのです。先生は、務めてそれ等の作業には出て居られた様ですが、たまたま何かの都合があったのでしょう。その負担分を納めたのですが、『なあに金出す人ぁ困らない人だから』と厭味、影口、そしりを吐かれたのです。（中略）

その根幹には信仰の反撥心が強くはたらいています。

もともと、この部落は生活の拠りどころを『かくし念佛』に求めていた聚落だったのです。常陸の国の〝黒ぼとけさま〟の流れが水澤を経て、ここの地に根を下したものだそうです。そして強圧された農民の中で『命の灯《ともしび》』として秘かに、またそれだからこそかえって強い強い結びつきを育てて来たものです。

墓所を置く寺の和尚に対しては『葬式坊主』と蔑視し、旧幕時代の『人別帳』対策の一手法でしかありません。精神面は勿論のこと、総ての中心が『知識さま』と尊称される人にあったのです。この『かくし念佛』は、他宗団のひどい圧迫を受けたものらしく、一口に、『真言、天台』と、この話を洩らして下さった方が言って居られましたが、どうしたことか、これらの他宗教に対する憎悪がいつ頃からのことでしょうか、『ホッケ宗?』に一手に向けられる様になっていました。」

読んでのとおりである。羅須地人協会の理想にもかかわらず、現実生活にあいわたる道程で、孤立をしいられ、賢治がたどらなければならなかった困難が目に浮かぶ気がする。賢治の心象中に実在した〈ドリームランドとしての日本岩手県〉とは、このような根強い地方社会のもつ桎梏からの疎外をえなければ、到底たどりつけないものでもあった。ただ、いまここでの私の関心はその点の解明にあるのではない。すでにおおくの発言が見られることであり、ここでもし言及するものがあるとすれば、現実的心理的な作品への投影を根気よくさぐることで、作品への切実さをより丹念に求めることであるだろう。口語詩篇を読むかぎり、作品一〇〇八番は、背後に具体的なさまざまな生活事情をはさんでそれに揺すぶられている賢治の心理が、即興的な手法でかなり荒く書きあげられてしまっていると言いうる。その点では技法的なものの介入もほとんどなく、展開もない。そして、〈わたしもまたうなづくことだ〉という最後のフレーズだけが、一種の諦観とも、逆にそのような情況を背負いこんだ孤立無援の意志力とも、そのどちらがわにもとれるような微妙な心理のぶれをそのままに残している。賢治は、『春と修羅第一集』を出したあと、「前に私の自費で出した『春と修羅』も、亦それからあと只今まで書き付けてあるものも、これらはみんな到底詩ではありません。私がこれから、何とかして完成したいと思って居ります、或る心理学的な仕事の仕度に、正統な勉強の許されない間、境遇の許す限り、機会のある度毎に、いろいろな条件の下で書き取って置く、ほんの粗硬な心象のスケッチでしかありません」と、一九二五年（大正十四年）二月九日付森佐一あて書簡のなかに書きとめた。ここでは、出版後約一年間の時間の経過をいちおうは斟酌しなければならないと思うが、このきびしい自己批判のなかには、即興風、感想風のこの種の歌の歌いかたもまた、作品以前として意識せられていることはまちがいない。ここで私が思うのは、このような無技巧のゆえにかえって鮮明な、あるがままの生活実質のもたらす現実を直視し、それをそのまま受け入れようとしている賢治の一心に忍耐している姿である。どこかひっそりと、部屋の片隅にじっとうずくまったままの背中である。この印象は、スケッチ風即興風とからまって、ほとんど日録のようなひとつの臨場感ともいうべき切迫した情景を私におこさせる。作品一〇〇七番、それに〈いろいろな反感とふゞきの中で〉にはじまる題名のない作品など、一九二七年（昭和二年）三月十六日の同じ日付をもつ、同じテーマの作品は他にもあるが、賢治にとって、それらをとりまいた一連の事件は、〈おれたちはみな農民〉であるはずの意識を逆なでする、内面の一番深いところへ釘さした大きな悲しみだったことだけは疑いない。

死を目前にして、賢治が最後の渾身をふりしぼった文語詩篇の背景には、死の直前の、九月十一日付柳原昌悦あて書簡（私たちが読むことのできるこれが最後の手紙）のなかの、賢治自身の内的告白ともいうべき肉声を聞いてみなければなるまい。

（前略）咳がはじまると仕事も何も手につかずまる二時間も続いたり、或は夜中胸がぴうぴう鳴って眠られなかったり、仲々もう全い健康は得られさうもありません。けれども咳のないときはとにかく人並に座って切れ切れながら七八時間は何かしてゐられるやうなりました。（中略）心持ばかり焦ってつまづいてばかりゐるやうな訳です。私のかういふ惨めな失敗はたゞもう今日の時代一般の巨きな病、「慢」といふものの一支流に過って身を加へたことに原因します。僅かばかりの才能とか、器量とか、身分とか財産とかいふものが何かじぶんのからだについたものででもあるかと思ひ、じぶんの仕事を卑しみ、同輩を嘲けり、いまにどこからかじぶんを所謂社会の高みへ引き上げに来るものがあるやうに思ひ、空想をのみ生活して却って完全な現在の生活をば味ふこともせず、幾年かが空しく過ぎて漸くじぶんの築いてゐた蜃気楼の消えるのを見ては、たゞもう人を怒り世間を憤り従って師友を失ひ憂悶病を得るといったやうな順序です。（後略）

ここでいう〈慢〉は、そのまま先の口語詩篇における、隣人から拒まれてうずくまる賢治の内面を、自己否定的に物語ることにもなるだろう。この書簡の内容は、実生活における全面的な杜絶（敗北）を肯定し、そこに〈慢〉、思いあがりともいうべき自己過信の自画像をおいていて、凄絶な自虐にみちていて、読むがわにもひとえに痛ましい。そして、賢治は、このような内面の抑制的な嵐のなかで、文語詩篇という、整序化された作品への、あるいは定型詩への試みを展開していったのだった。ここで、〈これがあるもや〉という、妹クニへさしだした発言にもどってゆきたい。なぜ文語詩なのか、という問いかけは、他方では定型の内包するひとつの完結性を求めているようにも考えられる。文語詩に改稿された作品一〇〇八番は、その一点でみるかぎり、象徴的な詩風に姿をかえて、背後に漂ったなまなましい臨場感が姿を消して、より内省的になっているように読みとれるが、よく見ると、このばあい、方法的な対応がそれほどあるというわけではない。私の考えにまちがいなければ、この最後の場面でも、賢治は過ぎこしの作品群にたちむかい、それにさわることを抜きにしては、現実の時間の流れに対応しえなくなっていたようである。作品行為時間のなかへ！　それが賢治に残された全体だった。その意味で文語詩篇は、先の書簡の中身がしめすような、低処《ひくみ》を前提にして安心へたどりつこうとする、内部世界の再編成の過程だったのではないだろうか。

ここである飛躍をからませれば、『銀河鉄道の夜』のジョバンニの地上世界への帰還は、他方では、彼岸に永住できなかったものの（拒絶されたものの）、悲しい帰還であるとも言いうる。ジョバンニが夢から醒めて、友の水死を知る場面の草稿が、晩年になって大幅に書きかえられ、あるいは書き加えられたことのなかにも、私は挫折したものの悲しい呼気が大きな比重をましてきたような気がしてならない。初期形では、夢のなかで最後に博士からもらった二枚の金貨が、ほんとうに夢から醒めたあともジョバンニの手のなかにあるのにたいし、こんにち四次稿といわれる最終形では、あらたに章がもうけられ、その地上的現実に復帰していくありさまが細かく描かれる。つまり初期形にあった、四次元世界と現実とのつながりはきっぱりたち切られて、その象徴であった金貨の存在は消し去られる。ここで、銀河鉄道で一緒の旅をしたカムパネルラの博士につたえようとして、思わずつんのめるところは印象的である。つまり、ジョバンニがほんとうに経験した四次元世界、銀河鉄道の世界は、すで地上では語ることのできない了解不可能な世界なのだ。ジョバンニにとって、孤絶化され絶対化された世界でしかありえない。そして、ジョバンニの貧しい孤独な生活は、夢を見る前とまったく同じようにはじめられる。カムパネルラの父から聞いたジョバンニの父親の消息と、カムパネルラの父の招待は、すくなくともこのかぎりでは、作品の進行にとって重要な意味をもちえていない。そして、このジョバンニのつんのめりこそ、賢治にとって永遠の推敲をうながすキイワードになるように私には思われる。その点で、文語詩篇もまた、晩年の賢治のつんのめりへの表現を誘いだすための、語りかけ（表現しうる）の位置としての重要性に私は着目しておきたい。心象スケッチに完結をあたえるのではなく、そこもまた完結へいたる道程なのではないか。死を明日にして、賢治自身が、その時々の定稿と考えたように。

賢治はなぜ、これほどまでに、自分のいったん書きあげた作品にこだわり、かつさわりつづけたのだろうか。推敲が層をなしていくようにさえ見えるこのおびただしい手入れの連続は、作品への執着という作家の良心を基準に見たててしまえばそれなりの了解はたやすいが、それ自体が未了性を誘う通路をもつことによって、単純なものにはなりえない。このことは、『春と修羅　第一集』が刊行されたあとでも、あいかわらず多くの手入れがなされ続けた点や、『永訣の朝』『松の針』『無声慟哭』のような、妹トシが亡くなったあとから書かれていった作品の事情を考えあわせてみれば、容易にうかがい知れる。まちがいないことは、いずれにしても賢治にとって書く行為こそは内的生活の全部だったことだ。賢治の生涯にとっては、たえず作品にかえること、作品を未完了性のままとおい彼方にうちあげることが、抜きさしならない生存のための条件であった。『春と修羅　第一集』の『序』における〈心象スケッチ〉という規定については、さらに一九二五年（大正十四年）二月九日付森佐一あての先の書簡によって補強され、さらに同じく、未刊行になった第二集の『序』の、「農学校につとめて居りました四年のうちの終りの二年の手記から集めたものでございます」（傍点筆者）という規定などもふくめて、私はことさら、そのこと自身を概念的に考えてみる必要もないよう思う。先の文語詩篇における、「唯推敲の現状を以てその時々の定稿となす」のばあいも同じように、賢治にとって出版さえも、かならずしも作品として自立しゆきついた結果とはなりえないものであった。どのようにしてであれ、過渡的にしか存在しないものであり、その意味ではたえざるスケッチないしは手記と呼ばれることこそが賢治にとってふさわしいものにみえていたはずである。

この窮極にいたるまでの完結（完成）をみとめず、作品として未完了のままに終わらせようとしたもうひとりの作家に、私たちはカフカを思い出すことができる。周知のようにカフカにあっては、有名な『城』や『審判』というような長篇小説も、作者自身にとっては未完了の作品であり、とくに『審判』にあっては、無限につづけられる構想のものでさえあった。さらに注意深く見ていくなら、完成した断片としての各章だけがあったはずであり、それが構成されることによって、私たちはそれが完結しているもののごとく読むことが可能になっただけである。

賢治の『銀河鉄道の夜』の四次稿テクストにおける、①学校やアルバイト先の印刷屋、家、母親、町のようすをめぐる世界、②夢の世界における銀河鉄道を遊行する世界、③ふたたび夢から醒めてジョバンニが友の水死を知る場面のうち、第一のパートがのちになって詳しく独立した章に書きかえられ、③のパートは、こんどは書き直された新しい原稿にさしかえられていくなどの過程を見ていくと、ここでも断片としての章が、その構造によって単一の作品として再生されていくようすがうかがえる。多くの異質をふくめながらも、カフカの抱いた構想（なりゆきといってもよい）との類似が思われる。つまり賢治もまた、継続的断片という作品の過程を歩《あゆ》み、その折々のおのれの認識によって、作品自体の変貌をうながすものでなければならなかったのだろう。そのひとつの例を、『ポラーノの広場』の改変が集中した「風と草穂」の章のなかの、廃棄されたとされるキュースト の演説にみておいてもよい。一九三一年（昭和六年）ごろの黒インクの手入れの結果があり、そこには羅須地人協会以後のさまざまな実生活社会における、賢治の挫折が色濃く投影している。主張（作品のなかでは演説）それ自体にためらっているのは、一方では『農民芸術概論綱要』の「序論」のもったオクターブをすくなくともこの時点では、みずから捨象せざるをえなかった結果に他ならない。

さて、賢治の心象世界をたどろうとして、思わぬまわり道をしているようである。しかし、継続的断片を、賢治の作品展開のひとつのポイントに置くことによって、私のなかにぼんやりと見えはじめた小さい位相がある。『春と修羅　第一集』の「序」における、賢治が（　）でくくった幾つかのフレーズの位相である。「序」は、〈わたくしといふ現象〉という自己規定性から出発している。それははじめ、〈ひとつの青い照明〉としてイメージ化され、その照明の明滅が、二十二カ月の紙と鉱質インクへつらなることで集約される。（　）のところを引いておきたい。

①あらゆる透明な幽霊の複合体
②ひかりはたもち　その電燈は失はれ
③すべてわたくしと明滅し
　みんなが同時に感ずるもの
④すぺてがわたくしの中のみんなであるやうに
　みんなのおのおののなかのすべてですから
⑤あるいは修羅の十億年
⑥因果の時空的制約のもとに

このうち①②③は、ひとつの連続体であり、いま私が書きとめたような内容としても現前する。ここでは、〈イーハトヴ〉という、『注文の多い料理店』に付録としてつけられた、新刊案内の広告を思ってみるのもよいだろう。〈著者の心象中に、この様な状景をもって実在したドリームランドとしての日本岩手県〉とは、都会や市や電柱の列や森や風や草に、罪や悲しみなどという感情をふくめて、それ自体がひとつの自然として照射するところであり、汎生命の世界である。

さらに『銀河鉄道の夜』初期形のなかに出てくる、カムパネルラの去ったあとの席にいる、黒い大きな帽子をかぶった青白い顔の痩せた大人の言葉を思いおこしてもよい。「もしおまへがほんたうに勉強して実験でちゃんとほんたうの考とうその考とを分けてしまへばその実験の方法さへきまればもう信仰も化学と同じやうになる」〈みんなが同時に感ずるもの〉の実体とは、こんなふうに信仰も化学も同じになるような存在のしかたである。

ここで私は、内田朝雄氏の『賢治の「立願」』で追求の対象になっている、ウィリアム・ジェイムズを思い出しておきたい。賢治のなかでジェイムズが出てくるのは、『春と修羅　第三集』中の「一五二　林学生」である。ここでも作品のなかに（　）があり、そのひとつに〈それは潰れた赤い信頼！　天台、ジェイムズその他によれば！〉というフレーズがある。ウィリアム・ジェイムズ（一八四二～一九一〇）は、パース、デューイとともに、最初にプラグマティズムを展開した人であり、実在主義に対応する主体性ないし宗教性の契機をとらえだした人である。日本では日露戦争直後ごろ紹介され、西田幾多郎の『善の研究』に大きな影響をおよぼした。そのジェイムズには『宗教的経験の諸相』という、イギリスのエディンバラ大学から招聘されておこなったギフォード講義の記録がある。ジェイムズは、それをみずから「ある意味で、病的心理学 morbid psychology の研究だと見なしている」と述べており、宗教というものを、異常な精神現象のうち最高のものと見なし、それを客観的経験的に追求したのがこの書物である。私のぼんやりした推定では、先に『春と修羅　第一集』をめぐって引いた森佐一宛書簡のなかの〈ある心理学的な仕事の仕度〉とあるところも、どうもこのジェイムズが対象とされているような気がしてならない。少なくとも、〈信仰も化学も同じやうになる〉存在について、ジェイムズを思ってみるのは無駄ではないだろう。そのジェイムズは述べている。

「私たちの経験の世界は、いつの世においても、客観的な部分と主観的な部分との二つの部分から成り立っていて、そのうち客観的な部分のほうが主観的な部分よりも量りきれないほど広大ではあるけれども、しかし主観的な部分も見のがされることも無視されることも決してできない。客観的な部分は、どんな時にでも私たちが考えることのできる一切の事件の総計であり、主観的な部分は、思考がおこなわれる内的『状態』である。私たちが考える事物は巨大であるかもしれない――例えば、宇宙時間や宇宙空間、――これに対して、内的状態はきわめてはかない、つまらぬ精神活動であるかもしれない。けれども、経験が与えるかぎりの宇宙的対象は、事物の観念的な像にすぎないのであって、その存在を私たちは内面的に所有してはおらず、ただ私たちの外に存在していると言えるだけのものであるが、これに反して、内的状態は私たちの経験そのものである。内的状態の実在性と私たちの経験の実在性とは一つである。意識の場プラス感じられた、あるいは考えられた意識の対象プラスその対象に対する態度プラスその態度が属している自己の感覚――このような具体的な個人的経験は小さなものかもしれないが、しかし、それは存続しているかぎりは実質のあるものである。それは『対象』がただそれだけで考えられる場合のように、うつろなものではない、経験の単に抽象的な要素ではない。それは、微々たる事実であろうとも、充実した事実である。」

『春と修羅　第一集』の「序」は、自我（内的意識）の状態にはじまって、遠心的にその対象が、時間軸と空間軸をかさね合って、必然的に宇宙的な規模へと拡大される相として描き出されている。ジェイムズは、客観的な部分と主観的な部分に分けられた経験の諸相から、前者を事物の総計としてとらえ、後者を内的状態と考えるのであるが、おそらく賢治の、〈ひとつの青い照明〉という自己規定は、そのまま〈ひかりはたもち　その電燈は失はれ〉ることで、宇宙的対象としての経験の場へ放たれる。いうまでもなくそこでは、微々たる経験のつみかさねによる充実した事物（世界）が生みだされる。③④⑤⑥はジェイムズのいう、意識の対象プラスその態度が属している自己の感覚と考えてしまってよいのではないだろうか。先の痩せた大人の話をもう少し引いてみよう。

けれども、ね、ちょっとこの本をごらん、いゝかい、これは地理と歴史の辞典だよ。この本のこの頁はね、紀元前二千二百年の地理と歴史が書いてある。よくごらん紀元前二千二百年のことではないよ、紀元前二千二百年のころにみんなが考へてゐた地理と歴史といふものが書いてある。だからこの頁の一つが一冊の地歴の本にあたるんだ。いゝかい、そしてこの中に書いてあることは紀元前二千二百年ころにはたいてい本当だ。さがすと証拠もぞくぞく出てゐる。けれどもそれが少しどうかなと斯う考へだしてごらん、そら、それは次の頁だよ。紀元前一千年、だいぶ、地理も歴史も変わってるだらう。このときには斯うなのだ。変な顔をしてはいけない。ぼくたちはぼくたちのからだだって考だって天の川だって汽車だって歴史だってたゞさう感じてゐるのなんだから、そらごらん、ぼくといっしょにすこしこゝろもちをしづかにしてごらん。いゝか。

ジェイムズの面白さは、意識の対象の連続性と、経験の累積を等価におくことによって、客観的な部分をもしかしたら越えてしまうかもしれない意識の対象のかなたの事実を想定しえたことである。そこから宗教的経験を、精神現象の最高のものと見なす態度も生み出される。痩せた大人（ブルカニロ博士）のこの話は、ジョバンニの見た四次元世界が、普遍化されたり、客観的な事実にけっして転化するものでないことを説いていて、ジョバンニの内部にだけ固有性のものとして沈静させる。つぎにジョバンニが経験するのは、自分というもの、自分の考えというものが、風景とともに〈ぽかっと光ってしぃんとなくなってぽかっとともってまたなくなってそしてその一つがぽかっとともるとあらゆる世界ががらんとひらけあらゆる歴史がそなはりすっと消えるともうがらんとしたたゞもうそれっきりになってしまふのを見〉ることである。これは、ジョバンニの内部の固有の自我が、世界一列に溶けて、〈みんなが同時に感ずるもの〉へと接近することでなくてはならない。つまり、自我は放たれ消滅するのである。

賢治のなかの未了性を誘いだす意識の根抵もまた、内的経験の真実の記録が、より経験的にしめされる道程とすれば、それなりの理解が得られるように思われる。作品そのものが経験にならなければならないからである。ブルカニロ博士の言葉で言えば、〈紀元前二千二百年のころにみんなが考へてゐた地理と歴史といふもの〉のことであり、それがそのとき書かれた作品の位相である。世阿弥の花伝書の言葉をつかうなら、折々の初心と呼ばれるものの実質である。賢治のばあい、宗教的感情の領域を広く設けることで、科学的感覚としての宇宙を容易に近づけることができたはずである。妹トシの亡くなった翌年の夏、賢治はトシの幻影を求めて、青森、北海道、樺太と旅をかさねている。ここで書かれた『青森挽歌』は、そのまま賢治にとっての銀河鉄道の旅であったようである。その冒頭の部分、

こんなやみよのはらのなかをゆくときは
客車のまどはみんな水族館の窓になる
（乾いたでんしんばしらの列が
せはしく遷ってゐるらしい

きしゃは銀河系の玲瓏《れいろう》レンズ
　巨きな水素のりんごのなかをかけてゐる）
りんごのなかをはしってゐる
けれどもここはいったいどこの停車場《ば》だ
枕木を焼いてこさへた柵が立ち
　（八月の　よるのしじまの　寒天凝膠《アガアガアゼル》）
支手のあるいちれつの柱は
なつかしい陰影だけでできてゐる
黄いろなラムプがふたつ点《つ》き
せいたかくあをじろい驛長の
眞鍮棒もみえなければ
じつは驛長のかげもないのだ
　（その大学の昆虫学の助手は
　こんな車室いっぱいの液体のなかで
　油のない赤髪《げ》をもじゃもじゃして
　かばんにもたれて睡ってゐる）
わたくしの汽車は北へ走ってゐるはずなのに

ここではみなみへかけてゐる
焼杭の柵はあちこち倒れ
はるかに黄色の地平線
それはピーアの澱《おり》をよどませ
あやしいよるの　陽炎と
さびしい心意の明滅にまぎれ
水いろ川の水いろ驛
　（おそろしいあの水いろの空虚なのだ）
汽車の逆行は希求《ききゅう》の同時な相反性
こんなさびしい幻想から
わたくしははやく浮びあがらなければならない

りんごについては、見田宗介氏が、その著『宮澤賢治――存在の祭りの中へ』のなかで、ユニークな見解をしめしている。「詩人の乗ってる汽車は反対にりんごの中を走る。〈汽車の中のりんご〉という心象は、〈りんごの中の汽車〉という心象へとうらがえされる。内にあるものが外にあるものに。外にあるものが内にあるものに。」そして、とじられた球体の「裏」と「表」の、つまり内部と外部との反転することの可能な四ヽ次ヽ元ヽ世ヽ界ヽのヽ模型のようなものとして手の中にある、と述べている。

ほんとうは夜行列車の車窓にもたれているうちに、賢治はふうっと自分の存在が、逆に外部によってとりかこまれていると感じとったのであろう。そこから水族館の窓の自覚があらわれ、存在のなかを走っているものとしての、〈りんごのなかをはし〉るという比喩が生まれたのだろう。そして、それこそが、『銀河鉄道の夜』という壮大なドラマの端緒になったものと私には思われる。いままで述べてきたように、初期形のなかでジョバンニが最後に経験したのは、その目で世界の消滅を確かめたことであった。消滅を見たことで、ブルカニロ博士との連繋が生じ、二枚の金貨を手に入れることで、幻想世界と現実世界を直接つなぐ通路を発見したのだった。すくなくともここでは、交換可能な、ふたたび四次元世界への遊行が可能な条件が、充たされたとまでは言ってしまってよいと思う。

『銀河鉄道の夜』をなんども読みすすめながら、ふうっと思ったことがある。このドラマの世界では、圧倒的な現実はことごとく風景である。そして、鳥を捕る人がその例であるように、人々さえもが風景のなかへ転生しているのである。立って荷物をとったと思うともう見えなくなり、直後には、黄いろと青じろの、うつくしい燐光を出す、いちめんのかわらははこぐさの上に立っている。さら乗客たちの下車は、ことごとく溶解するようなつかのまのあいだに進行する。立って荷物をとったと思うともう見えなくなり、カムパネルラも、「僕たち一緒に行こうねえ」とジョバンニがこう言いながらふりかえったとき、もう居なくなっている。かろうじて、黒服の青年と幼ない姉弟だけが通路に消えている。さらにもうひとつ、銀河鉄道には駅はあっても駅員はいない。このふたしかな感覚こそがそのまま駅であるように、ホームも外貌をあらわさない。すでに先に書きとめたことがあるが、生前発表されたことのある初期断章の作品に、『復活の前』というのがある。感想手記というべき断片集だが、そのうちのひとつに、〈あゝこゝは火の五万里のほのほのそのまんなかだ〉という抹消感覚が描かれている。奇妙な作品で、〈今人が死ぬところです〉にはじまって、ほのほのまんなかにいるという経験のなかで閉じられるのである。存在の内外があいまいであり、読みようによっては、そのあいまいさのゆえにこそ、不気味な存在感が二重うつしされているとも言えよう。この〈ほのほ〉のなかにいるという発想こそは、一面では、『銀河鉄道の夜』を書かしめた動機のひとつのように私には思える。ひるがえって、ここで〈水族館の窓になる〉という意識もまた、みずからへ閉じこめる空虚な深淵と言ってしまってよい。りんごのなかを走っているという比喩は、水族館の窓を意識したとき生じてきた経験的な意識と言ってよいと思う。賢治はこのとき、あきらかに彼岸にとんだトシのかなたを追体験しようとしていたのである。

とし子はみんなが死ぬとなづける
そのやりかたを通って行き
それからさきどこへ行ったかわからない

それはおれたちの空間の方向ではかえられない
感ぜられない方向を感じようとするときは
たれだってみんなぐるぐるする

わからないその先を見るためには、あてのない汽車の旅のなかへ、みずからを密閉してみなければならないことでもあった。この『オホーク挽歌』となづけられた一連の作品のなかで、私たちは、トシの死を経験するようにみずからに死を求めている賢治を見ることが可能である。そして、水族館の内がわの存在にほんとうになってしまったとき、消滅の裏がわのイメージとして、『銀河鉄道の夜』が構想されなければならなかったのであろうと私は思う。ここで〈じつは驛長のかげもないのだ〉と歌われたことの内実は象徴的である。『銀河鉄道の夜』がもたらすものは絶対の旅であり、北方旅行が賢治を無事に帰還せしめたように、ジョバンニもまた地上にもどらねばならない宿命を負ったのである。

〈外部に見ているものの内部にいきなり存在している〉という自由さは、他方では、みずからを作中人物にしたてあげることが可能な条件を生み出すことでもある。賢治が青森の汽車のなかで試みたのは、死をめざしながらトシと交換可能になることであった。その経験をとおして、賢治はジェイムズのいう、客観を越える経験による内的状態の事物の発見に迫ろうとしたのである。賢治が未完了性なのは、信仰状態は最少量の知的内容しか含んでいないかもしれない、というジェイムズの警告を受け入れていたからかも知れない。むろんこれは荒唐無稽な私の憶測にすぎない。賢治が、継続的断片の連続という作品行為の方法を身につけていたことは信じてもよいだろう。いうまでもなく、経験の累積と、これは十分かさなっているからである。経験の累積をうるためにこそ、そして作品は永遠に触《さわ》られつづけられねばならないことでもあった。心象のスケッチ、あるいは手記と、賢治がたびたび呼びたかったゆえんでもある。

交感の言語

イーハトヴは一つの地名である。強て、その地点を求むるならばそれは、大小クラウスたちの耕してゐた、野原や、少女アリスガ《ママ》辿った鏡の国と同じ世界の中、テパーンタール砂漠の遥かな北東、イヴン《ママ》王国の遠い東と考へられる。

実にこれは著者の心象中に、この様な状景をもって実在したドリームランドとしての日本岩手県である。そこでは、あらゆる事が可能である。人は一瞬にして氷雲の上に飛躍し大循環の風を従へて北に旅する事もあれば、赤い花杯の下を行く蟻と語ることもできる。

罪や、かなしみでさへそこでは聖くきれいにかゞやいてゐる。深い掬《ママ》の森や、風や影、肉《ママ》え草や、不思議な都会、ベーリング市迄続々《ママ》電柱の列、それはまことにあやしくも楽しい国土である。この童話集の一列は実に作者の心象スケッチの一部である。これは少年少女期の終り頃から、アドレッセンス中葉に対する一つの文学としての形式をとってゐる。

生前刊行された唯一の童話集『注文の多い料理店』の付録につけられた、新刊案内の冒頭の部分である。賢治自身による数少ない作品の自注として、ここは大事にせねばならない。時に賢治二十八歳。花巻農学校の教師をしつつ、妹トシを失なった翌々年の冬であった。ここではまず、あらゆる生命自然界への交情が生き生きと語られるのを聞かなければなるまい。そのなかで、賢治自身がわざわざ傍点をつけた、〈著者の心象中〉あるいは〈この童話集の一列は実に作者の心象スケッチ〉であるとした、心象スケッチへのこだわりに、私はとくに惹かれてみたい。そういえば『注文の多い料理店』刊行に先立って出された詩集『春と修羅　第一集』でも「序」のなかで、〈ここまでたもちつゞけられた　かげとひかりのひとくさりづつ　そのとほりの心象スケッチです〉（傍点筆者）という同じ内容の発言がみられたことであった。さらにこの処女詩集をめぐって、一九二五年（大正十四年）二月九日森佐一あて書簡のなかでは、つぎのような興味深い感慨も語られる。「私の自費で出した『春と修羅』も、亦それからあと只今まで書きつけてあるものも、これらは到底詩ではありません。私がこれから、何とかして完成したいと思って居ります、或る心理学的な仕事の仕度に、正統な勉強の許されない間、境遇の許す限り、機会ある度毎に、いろいろな条件の下で書き取って置くほんの粗硬な心象のスケッチでしかありません。」（傍点筆者）

新刊案内および『春と修羅　第一集』の「序」をたどるかぎり、賢治にとって作品とは、ことごとく心象スケッチそのものと同義語であってもよいといった、潑溂とした主張をのべたように思われる。大事なのは、そのあとの手紙である。むろんそこには、売れゆきがまったくかんばしくなかったことや、反響がいますこしとぼしかったことへの相当の落胆もくわわっていよう。同時に取りようによっては、さらに作品とはなにかという、意識化された理想的な作品像にたいする根抵的なあこがれが、心理学的な仕事の仕度云々、といった言葉の背後にかくされているのかも知れない。その上で、文面どおりたどってみたい。到底詩にはいたっていないという落胆した意識が芽生え、それに対応するかたちで、現在のそれを、粗硬な心象のスケッチにすぎないと、なかば自嘲的にみずから断言したのである。〈粗硬な心象スケッチ〉と〈心象スケッチ〉という、二つの言葉のかもし出す微妙なずれについて考えることは、ここでは省く。それは前者が、落胆の意志をふくめて、かなり主観的な内容をもっていると思われるからである。むしろ私はここでは、完成された作品へいたる一歩手前に、つまり作品行為時間そのものの内部に、賢治の考える心象スケッチの概念を流しこんでみたいと思う。それにしてもよく見ると、新刊案内のこの広告は、私の不安にかかわらず、心象スケッチがかもしだすであろう徹底した幻想性をよくつたえている。かなり大きなウェイトをしめていることがうかがえる。

私のひそかな憶測ではつぎのようになるだろう。賢治の心象中に実在したドリームランドとしての日本岩手県＝イーハトヴは、賢治の内的な感覚世界にあっては、文字どおり日々の生命の証となるべく、断片的に累積されていく経験の集合であった。いくえにも変容されつつ、そこにむけてみずからの同化を求める、ときには賢治の熱い視線となるべきものであった。汎生命的な自然界の全体であり、その交信性をとおして水面におどり出たものが、ここでは作品としてあたえられる位置であった。ちなみに、童話集『注文の多い料理店』におさめられた『水《すい》仙月《せんづき》の四日』と、さらに『ひかりの素足』という、ともに真冬の雪嵐をあつかった作品のなかから、冬の風景にまつわるいくつかのイメージを任意に引いてみたい。

①すると、雲もなく研《みが》きあげられたやうな群青《ぐんじやう》の空から、まっ白な雪が、さぎの毛のやうに、いちめんに落ちてきました。それは下の平原の雪や、ビール色の日光、茶いろのひのきでできあがった、しずかな奇麗な日旺日を、一そう美しくしたのです。

②風はだんだん強くなり、足もとの雪は、さらさらさらさらうしろへ流れ、間もなく向ふの山脈の頂に、ぱっと白いけむりのやうなものが立ったとおもふと、もう西の方は、すっかり灰いろに暗くなりました。

(以上、水仙月の四日)

③何といふきれいでせう。空がまるで青びかりでツルツルしてその光はツンツンと二人の眼にしみ込みまた太陽を見ますとそれは大きな空の宝石のやうに橙《だいだい》や緑やかゞやきの粉をちらしまぶしさに眼をつむりますと今度はその蒼黒いくらやみの中に青あおと光って見えるのです。あたらしく眼をひらいては前の青ぞらに桔梗いろや黄金《きん》やたくさんの太陽の

かげぼふしがくらくらとゆれてかゝってゐます。

④にはかにそのいたゞきにパッとけむりか霧のやうな白いぼんやりしたものがあらはれました。

それからしばらくたってフィーとするどい笛のやうな声が聞こえて来ました。（以上、ひかりの素足）

ここでは、ひとまずは物語の時間（展開）に入る前に、つまり文体ないしは文体上の細部の表現を手がかりにするところから、賢治的心象といわれるものの内実を追ってみたい。そのひとつは、すでに多くの人々が指摘していることだが、賢治世界のとくに童話のなかでは、じつにたくさんの擬声語 onomatopoeia がつかわれる（童話全般の傾向でもあるだろうが）。引いた文中でも、〈さらさらさらさら〉〈ツルツル〉〈ツンツン〉〈くらくら〉などがあり、さらに〈青びかり〉〈ぱっとけむりのやうな〉といったたぐいの、不透明な変容感覚が、形容句的な類語としてあらわれ繰り返しつかわれる。引いた二つの作品は、雪嵐を素材にした点で共通するが、内容は大きくちがう。前者の作品は、雪婆ごんや雪童子《わらし》が活躍する精霊の世界であり、後者はのちの『銀河鉄道の夜』を思わせる、雪で遭難した幼ない兄弟がたどる現実世界の物語でありながら、雪にうずもれているあいだに、意識のむこうで彼岸の世界を経験するドラマである。一方は寓話や幻想をのりこえる主題をもった作品と言っておいてよいだろう。どちらも雪の激越な生態が契機になった作品と言いうるが、ただそのような状態にありながらも、賢治の雪の風景を見つめる眼差しは絶対であり、繊細であり、透明であり、かつ無垢な色彩である。一途さと言ってさえよく、雪の風景にたいしてかぎりなく寛容でもある。雪（ひとつの自然）は賢治にとっては、いつにあっても、みずからが吸いこまれる対象であったかも知れない。あるいは内面の富としての、永遠の相であったかも知れない。この一点でみるかぎり、『ひかりの素足』のなかで、弟の楢夫が風の又三郎を経験するところは、消滅が逆の位相で近づいていて、短いフレーズのなかに鋭い変容をかくしている。引いた文の④がそうであるが、ここでは〈パッとけむり〉〈霧のやうな〉〈白いぼんやりした〉が、ひとつの類型として重なりつつ、その不透明性のゆえに重層しつつ、意識下にねむる又三郎の幻想を、文中では笛を聞く行為として醒ますのである。作品としての完結（結実）にいたらぬまえの、賢治の心象スケッチとは、おそらくはこんなふうに、擬声語に集約される言語的な共通項と、類語＝パターンの連繋による異界（汎生命世界）との交信に集められたのではなかったろうか。擬声語による独自な表現法は、ただ賢治にとっては早くからのものではあった。初期短篇のひとつである『あけがた』のなかにも、つぎのような表現があらわれる。「空がツンツン光ってゐる。水はごうごうと鳴ってゐた。おれはかなしかった。それから口笛を吹いた」。

これを賢治の資質的なもの（よいにしろ悪いにしろ）と見てしまうことはたやすいだろう。

しかし私自身はそんなふうには考えまいと思う。賢治の心象風景には、いわく言いがたい自然界にありながら、これを伝達（あるいは交信）するための共通語（共通感覚）の自覚が（それが一方では、イメージとしてのイーハトヴ発想として展開されたのだろう）この時期あらためて言葉の問題としておきていたのではないかという気がする。一九二一年（大正十年）七月十三日付関徳弥あて書簡のなかの、「これからの宗教は芸術です。これからの芸術は宗教です。いくら字を並べても心にないものはてんで音の工合からちがふ。頭が痛くなる。同じ痛くなるにしても無用に痛くなる」という意識のなかには、おそらくはこの共通語の自覚的な感覚がどこかに加わっているようにも思われる。ここで前回紹介したウィリアム・ジェイムズをもう一度思い出しておきたい。『宗教的経験の諸相』というギフォード講義のなかの〝哲学〟の章でジェイムズはのべている。

「対象は変化し発展する。対象は自己自身とは違った何ものかを自己といっしょに包含する。そしてこの『違った何ものか』は、最初はただ観念的あるいは可能的であるに過ぎないが、やがてそれ自身もまた現実的にあるものとなってくる。それは最初にあると想定されたものに取って代わり、それを検証して是正し、かくしてそれのもつ意味を完全に発展させるのである。

このプログラムはすばらしい。宇宙とは、或る事物のあとにそれを是正し充実する他の事物が続くというような場所なのである。」

ここは、ヘーゲル学派の考えを解説しつつ接続されたところであるが、賢治はここで自分の書くイーハトヴ＝童話の世界を、〈是正し充実する他の事物〉と同じ位置に置《お》かなかったとは言いえないのではないだろうか。もともと賢治童話の世界にあって、先の書簡にあるような宗教芸術を、宗教目的のための芸術と解釈してしまえるような作品は、そんなに多くは書かれていない。『マグノリアの木』『インドラの網』『雁《かり》の童子』『学者アラムハラドの見た着物』『ガルドフの百合』『四又《よつまた》の百合』それと『手紙一』『手紙二』などであろう。

賢治にとって対象は、なによりも自然界そのものであり、その自然界に溶けこんで自然界の一員として生活することであった。一九二五年（大正十四年）以前に書かれた『風野又三郎』が、子供たちの幻想のなかで神の子であったのに対し、最晩年に書かれた『風の又三郎』では、高田三郎という固有名詞をもつ、転校してきた具体的な少年が登場してくるのは、ひとつは自然のがわからの私たち人間界への賢治流の接近のしかただったはずである。

どっどど　どどうど　どどうど　どどう
青いくるみも、吹きとばせ
すっぱいくゎりんも吹きとばせ
どっどど　どどうど　どどうど　どどう
どっどど　どどうど　どどうど　どどう

という一郎の耳にのこされた又三郎の歌は、先の擬声語的共通感覚としての言葉でいえば、ほとんど極限に近いと言いえよう。意味のたいていを追い払い、音声の助けを借りた擬声語だけが残ったのである。

　ある意味で賢治のこの類語あるいは擬声語意識は、言語上のコノテーションの溝造のうちにとらえておいてもよい。他の意味（意義）を包摂すること、また事実をふくむことをコノテーション関係のひとつの認識とすれば、賢治の類語や擬声語は、ここでは自然界を把握する（交信する）言語から、作品化をとおして、ひとつの喩の関係へむかったのである。新刊案内のなかでは、先に引いた冒頭の部分を前提にして、賢治自身によってさまざまな特色やモティフが説明されている。その四つの特色のうちの前二項はつぎのように説明されている。

一、これは正しいものゝ種子を有し、その美しい発芽を待つものである。而も決して既成の疲れた宗教や、道徳の残澤《ママ》を色あせた仮面によって純真な心意の所有者たちに欺き与へんとするものではない。

二、これらは新しい、よりよい世界の構成材料を提供しや《ママ》うとはする。けれどもそれは全く、作者に未知な絶えざる警異に値する世界自身の発展であって決して畸型に涅《ママ》ねあげられた煤色のユートピアではない。

ここで、よりよい世界の構成材料を提供しようとする意志と、作者の未知なる絶えざる驚異に価する世界自身の発展という意識は、その関係によりよい配列をくわえねぽ容易に解きがたいものである。よりよい世界とは、ドリームランドとしての日本岩手県の風土をもったイーハトヴであり、賢治はそこに生活することで、心象スケッチとして提供しようとするが、それは作品の自働的な発展のなかにあっては、作者にとってもつねに未知であろうと考えているふうである。あきらかにここでは作品の自立を信じ、作品への対自化を作品行為の第一義においている賢治を見出すことができる。ジェイムズの言葉にしたがえば、対象は自己自身とはちがった何物かを自己といっしょに包含し、そしてふたたび賢治の言葉にしたがうなら、未知なる絶えざる驚異に価する世界自身の発展にぶつかるのである。

『水仙月の四日』のなかには、暴れまわる雪の精霊たちのなかにあって、一所けん命カリメラのことを考えながら、雪の道をうちへ急ぐ子供がいる。雪嵐がやってきて風にかこまれたとき、雪をたくさんかぶせて子どもを守るのも雪童子のひとりである。『ひかりの素足』のなかで、雪のなかで遭難した一郎と楢夫の兄弟が経験する〈うすあかりの国〉では、鬼があらわれ、おそろしい地獄を二人は経験する。これは救済の物語であるが、地獄へおちることになって、兄弟はかばいあう自己を発見し、〈にょらいじゅりゃうぼん第十六〉に邂逅するのである。やはりこれも、自然との蜜月を語っていると言わなければならない。賢治はそこを、「難解でも必ず心の深部に於て万人の共通である」場処と考えているようである。

たとえば、作品『注文の多い料理店』は、都会文明からやってきた二人の男が、猟に出て道に迷ったあげく、注文の多い料理店に入り、かえって自分が注文されているという破目におちいる。しかしこの作品はよく読むと、『なめとこ山の熊』の熊捕りの名人淵澤小十郎とは、まったく正反対にいる男たちであることがすぐわかる。つまり小十郎と熊は死心をはさんで、やさしい関係を維持することが可能であるが、この男たちはあきらかに自然の関係を冒瀆することによって、自然のがわから抹殺される運命にある。つまり『注文の多い料理店』は、イーハトヴによる復讐といってよいだろう。この復讐譚では、賢治の得意な風景描写はほとんどでてこない。反対に『かしはばやしの夜』は、柏林の奥の歌合戦の話であるが、ここではついに、先の又三郎の、どどどに匹敵する擬声語があらわれる。用語法としてみれば、音声のがわの参加によって擬声語は生かしやすいという特徴があろうが、まぎれもなく交感の情景にふさわしい歌になっていることはまちがいない。

雨はざあざあ　ざっざゞゞゞあ
風はどうどう　どっどゞゞゞう
あられぱらぱらぱらぱらったゝあ
雨はざあざあ　ざつざゞゞゞあ

この『注文の多い料理店』を上梓した時期、賢治にとっては、妹トシを失なうという奈落を経験したとは云え、〈罪や、かなしみでさえそこでは聖くきれいにかゞやいてゐる〉と新刊案内に書いたイーハトヴのように、内面的には向日的な、作品活動の旺盛な時代であった。新刊案内に盛られた構想が、たえず見えざる世界にむけて渇望的であるのも、羅須地人協会を設立しその挫折にいたる前の時代の、過渡的な精神の充溢期にさしかかっていたとすれば理解できないことではない。作者の芸術論として読まれることも多いといわれる、『めくらぶだうと虹』などを読んでいても、この時期にふさわしく、その全体を構成する文体上のトーンに、先にのべた類語的な修辞がしきりにあらわれる。〈もずが、まるで音譜をばらばらにしてふりまいたやうに飛んで来て〉〈めくらぶだうは感激して、すきとほった深い息をつき葉から雫をぽたぽたこぼしました〉〈小さなめくらぶだうの木が、よるのそらに燃える青いほのほよりも、もっと強い、もっとかなしいおもひを〉。

いわゆる花鳥童話集のひとつであるが、ここは解説者(新修版全集・天沢退二郎)ものべるとおり、思慕の独白に重点をおいた、エロチックな情念と呼んでしまった方がよいように思われる。ただ賢治はここでめくらぶどうの一心の思慕に近づき、その内面に誠実に相渉ろうとしているが、かと言って、それだけを主題にしているわけではない。そこから虹の対話をめぐって、作者の芸術観を見ようという読者のがわの意志も生まれるのだろうが、私はここは、めくらぶどうのあこがれの対象になったものが虹であることに注目しておきたい。

〈それから星をちりばめた夜とが来ます。その頃、私は、どこへ行き、どこに生まれてゐるでせう。又、この眼の前の、美しい丘や野原も、みな一秒づつけづられたりくづれたりしてゐます。けれども、もしも、まことのちからが、これらの中にあらわれるときは、すべてのおとろへるもの、しわむもの、さだめないもの、はかないもの、みなかぎりないいのちです。わたくしでさへ、たゞ三秒ひらめくときも、半時空にかゝるときもいつもおんなじよろこびです〉

虹は消滅するものでなければならない。その消滅するもののなかに永遠の相を見ようとするのが、めくらぶどうの思慕にこたえた虹のこの対話である。賢治のなかに抹消感覚があることは、先の稿で私は書いた。このはかなさにかけた思慕が、ひとつの主題と言うべきであろう。大切なのは、消滅する虹にかけた思慕と、消滅するがわが賭けた永遠との二頂対立に、賢治が二股かけて参加していることである。そこに賢治の内面的主題があると言うべきであろう。

この作品原稿の表紙には、赤インクでいったん「少女を戦場に行く看護婦とする」と書いたのを消して「南米の兄のもとへ行く少女」とし、さらに「南米」を「アフリカ」に変えてあるそうである。それが改作されて『マリヴロンと少女』という作品に結実されるが、そこではマリヴロンは音楽家であり、少女はあすアフリカへ行く牧師の娘に変身している。当然のことながら、虹のもつ消滅性はここではもう消えなければならない。つまり、賢治自身の二役はなくなるのである。なぜこのような改作が必要になったのかは、やはりマリヴロンの意見を聞いてみる必要があるだろう。

え〻、それをわたくしはのぞみます。けれどもそれはあなたはいよいよさうでせう。正しく清くはたらくひとはひとつの大きな芸術を時間のうしろにつくるのです。ごらんなさい。向ふの青いそらのなかを一羽の鵠《こふ》がとんで行きます。鳥はうしろにみなそのあとをもつのです。みんなはそれを見ないでせうが、わたくしはそれを見るのです。おんなじやうにわたくしどもはみなそのあとにひとつの世界をつくって来ます。それがあらゆる人々のいちばん高い藝術です。

賢治自身の二役がなくなると言ったのは、この『マリヴロンと少女』では、マリヴロンのこの芸術論が、そのまま作品全体の主調音になっているからである。虹の抱いていた永遠の相が消え、新刊案内に盛られた、〈作者に未知な絶えざる驚異に価する世界自身の発展〉が、〈正しく清くはたらくひとはひとつの大きな藝術を時間のうしろにつくる〉というマリヴロンの言葉へ替え地されるのである。マリヴロンの言葉は、生命は必然的に芸術をつくるというふうに考えてよいだろう。作品『春と修羅』のなかのつぎのフレーズを思いおこしてもよい。

まことのことばはここになく
修羅のなみだはつちにふる

マリヴロンの発言は、その意味で賢治自身のあらたなる発言と受けとってよい。

さて、前々章で私は『なめとこ山の熊』をめぐって、「死心を中心とした円のなかに、その遠心力と求心力とによって、小十郎と熊たちは生きているのである」と、書きとめた。言うまでもなく、永遠とは死の異相対立項であると同時に共通項でもありうる。賢治はそのことを、なによりもトシの死を通じもっとも深く経験したことであったろう。冬の風景が賢治をめぐっていちばん深く私をからめとるのは、そこにはたえず自然イコール死の関係が堪能しているからである。

『ひかりの素足』のなかで、楢夫が冒頭に又三郎体験をしたというのも、そこにはすでに周到に死の伏線が張られていたからである。雪のなかで兄弟がもうどうしようもなくうづくまったとき、賢治のなかの雪も狂暴になり、泣き声さえをもぎとっていってしまう。


雪がもうまるできちがひのやうに吹いて来ました。いきもつけず二人はどんどん雪をかぶりました。

「わがなぃ。わがなぃ。」楢夫が泣いて云ひました。その声もまるでちぎるやうに風が持って行ってしまひました。一郎は毛布をひろげてマントのまゝ楢夫を抱きしめました。

ここではもはや擬声語による音声的発言はまったく見られない。

宮澤賢治の可能性は、こんなふうにたえず現存する生の裏側にひそんでいる死の可能性を見つめたところにあるように思われる。擬声語や類語の存在は用語法におけるあきらかな制度化であるが、賢治はその制度をも、おのれのユートピアの構想にくみいれようとしていたようであった。『なめとこ山の熊』のラストシーンは、つぎのように書きこまれる。

とにかくそれから三日目の晩だった。まるで氷の玉のやうな月がそらにかかつてゐた。雪は青白く明るく水は燐光をあげた。すばるや参《しん》の星が緑や橙《だいだい》にちらちらして呼吸をするやうに見えた。

自然は寛容であると、どこまでも賢治は言いたげである。もっとも原初的な賢治の自画像が、小十郎の死を包みこんだ風景のなかに、そのままかぶさるような気がしてならないのである。

中原中也の関心

中原中也のなかに、宮澤賢治が具体的な姿を見せるのは、私の知るかぎり、一九二七年（昭和二年）六月四日の日記である。岩野泡鳴、三富朽葉、高橋新吉、佐藤春夫、とヨコに、タテ書きで並べて書かれた最後に、宮澤賢治としるされる。下にヨコ線があって、線の下に、毛唐はデイレッタントか？　毛唐はアクティビティがある、と二行に分けて、タテに書きこまれている。しかし、中也が、『春と修羅』を手にしたのは、それよりもはるかに早かった。

宮澤賢治全集第一回配本が出た。死んだ宮澤は、自分が死ねば全集が出ると、果して予測してゐたであらうか。

私にはこれら彼の作品が、大正十三年頃、つまり「春と修羅」が出た頃に認められなかったといふことは、むしろ不思議である。私がこの本を初めて知ったのは大正十四年の暮れであったかその翌年の初めであったか、とまれ寒い頃であった。由来この書は私の愛読書となった。何冊か買って、友人の所へ持って行ったのであった。

一九三四年（昭和九年）十一月になって、雑誌《宮澤賢治研究》創刊号に発表した、『宮澤賢治全集』と題した文章に、中也はこう書いた。同じころに、九月十九日の日付をもつ題名のないエッセイがあって、これにも、「彼の詩集『春と修羅』が出て二年の後、夜店で見付けて愛読し、友人には機会ある毎にその面白いことを傳へたのであったが」と、よく似た内容がしるされる。夜店ではゾッキ本になって、わずか五銭で売られていた。

『春と修羅』が刊行されたのは、奥付では一九二四年（大正十三年）四月二十日であった。四六判箱入布製三二〇ページ、定価二円四十銭。かなりぶあつい豪奢な詩集だった。発行部数一千部。発行所は、東京都京橋区南鞘町十七番地関根書店になっているが、賢治自身がのべているとおり、自費出版であった。題字は、父政次郎の従弟にあたる、関徳弥の歌の師であった尾山篤二郎にたのみ、その縁で配本の便宜をはかってもらうために、関根書店の名が奥付につけられたにすぎなかった。

よく知られるとおり、発刊時の『春と修羅』は、賢治を深く落胆させる結果におわった。しかし、それは、「序文の考を主張し、歴史や宗教の位置を全く変換しようと企画し、それを基骨としたさまざまな生活を発表して、誰かに見て貰ひたいと、愚かに考へた」（森佐一あて書簡）結果であって、文学的にまったく黙殺されたわけではなかった。いち早く注目したのは、ロンブロオゾウの『天才論』やマックス・スチルネルの『唯一者とその所有』の翻訳者でエッセイストのダダイスト辻潤だった。辻潤はこの年、七月二十三日と二十四日、読売新聞に書いた『惰眠洞妄語』のなかで、賢治を紹介した。宮澤賢治という人はどこの人だか、年がいくつなのか、何をしている人なのか、私はまるで知らないが、と前提した上で、『原体剣舞連《はらたいけんばひれん》』を十五行にわたって引用しつつ、つぎのように書きとめた。

「原始林の香いがプンプンする、真夜中の火山口から永遠の氷霧にまき込まれて、アビズマルな心象がしきりに諸々の星座を物色している。――ナモサダルマプフンダリカサス――トラのりふれんが時々きこえて来る。それには恐ろしい東北の訛がある。それは詩人の無声慟哭だ」。

そのあとさらに、もし私がこの夏アルプスへでも出かけるなら、『ツァラトゥストラ』を忘れても、『春と修羅』をたずさえることをかならず忘れはしないだろう、と書きそえた。

ついでながら書いておくと、このとき辻潤は、同じ文章の先の方で、芸術はおもちゃであり、おもちゃを持って遊ぶことのできない人間は不幸なものだ、と述べている。既成芸術あるいはアカデミズムにたいする、辻潤らしいアンチテーゼであるが、もうすこし辻潤の文脈から注をつけるなら、『ダダの言葉』にあるつぎの発言などかぶせてみてもよいだろう。

芸術はおもちゃだ、少なくとも自分にとっては……
銀のお馬――それを彼はダダと命名する、ダダはおもちゃの異名にすぎない。

赤ん坊にはミルクとウエーファー、おもちゃは不必要だ――などという異論に私は賛成出来かねる。

私はいつまでも大きな赤ん坊だ。飴だけしゃぶっていたんでは満足できかねる。

ここでおもちゃを、さらに、これも辻潤好みの野蛮という言葉におきかえるとよい。つまり『春と修羅』の生気あふれる野趣が、辻潤の目には、創造的なまったくあたらしい自己拡充の夢をもった野蛮にうつったのである。

辻潤の発言は、例によって行きあたりばったりで走り書き風で、ここには説明らしいなにもあたえられていないが、地方人賢治の無垢な眼差しがうつしだした自然の生命力（表現力）を、この時代の既成芸術（固定観念）の偶々を撃つものとして、すでに鋭く直感していたように思われる。辻潤の既成にとらわれない一貫した眼差しには、それ自体が無垢に通じる、自己への誠実につながるものが終始ただよったが、これもそのひとつだったろう。この点で賢治にとっては、批評の第一号であるだけではなく、画期的なものであった。先に引いた手紙のなかで、「私はあれを宗教家やいろいろの人たちに贈りました。その人たちはどこも見てくれませんでした」と書いて、辻潤、尾山篤二郎、佐藤惣之助の批評にたいして、挨拶も礼状も書けないほど恐れ入っている、としるしている。この歎きは、一千冊もの刷り部数とあわせて、大向うをねらったマイナスの田舎者をみるようで、多少の苦笑を禁じえない。

ちなみに、賢治の『農民藝術概論』『農民藝術の興隆』などに、大きな影響をあたえたといわれる室伏高信も、当時はアナキズムに近い思想を展開して辻潤たちとともにいた人であった。室伏はその著のなかで、現代には文明はあるが文化はないと説いて、徹底した二元論によって、大社会にたいして小社会、都市にたいして農村、繰りかえすことのできる量の機械生産にたいして繰りかえすことのできない質の生命の芸術を、科学にたいして宗教を呼びもどすことによって、現代の根本問題を解決できるとした。辻潤と室伏のちがいは、辻が早くからこの二元論的な近代主義を突きぬけたところにあるが、室伏の究極、土に還る認識が、辻の目に皮肉に映じていたとは言いがたい。

富永太郎は、自分の手帳に『原体剣舞連』の詩句を、大事にうつしとっていたといわれる。たぶん、辻潤が読売の文章に引いたのをうつしとったのであろう。富永は、ボオドレエルを原書で読みたいばかりにわざわざフランス語を選んだほど、フランス象徴詩に憑かれた人だった。彼もまた賢治が独自につくりあげた、想像的な自然界に融合する、奔放で音楽的なイメージの展開に、これまでの日本の象徴詩には見ることのできなかった幻想に近いまでの魅惑を感じとったひとりだった。

私は透明な秋の薄暮の中に墜ちる。戦慄は去った。道路のあらゆる直線が甦る。あれらのこんもりした貪婪な樹々さへも闇を招いてはゐない。
（秋の悲歎）

というふうな、都会的な繊細な感覚の自然にたいして、賢治の奔放でかつ丹念に細部のイメージをつみかさねた自然把握は、律動感とともによほどの衝撃をあたえたにちがいなかった。

もうひとり、中也と同じ、当時まだ無名の若い詩人がひそかに賢治に注目していた。二十二歳の草野心平だった。詩集を見たのは、出た年の秋のことだった。中国の広州嶺南大学（現在の中山大学）で、友人から送られてこれを読んだ。村山塊多の『槐多の歌へる』を前年読んで、その偏奇とも思える新鮮な作品に感動したが、それとはまるっきり違った詩の世界にふれてより以上の戦慄をおぼえた、と草野は回想している。「自分のほてった感動を誰にも伝える術がなく、私は独り校庭をぬけてパイナップルの畑をつっきり、だんだら丘の草地に寝ころびながら、気儘勝手にあっちこっちのページをくったものだった」（新潮文庫版解説）。

草野が感動したのも、とにかく斬新な宇宙感覚であり、これまた「ともかく感動する」という直感的なものであった。

その後、富永は、一九二五年（大正十四年）一月十五日正岡忠三郎あての手紙に、賢治の作品『蠕虫舞手《アンネリダタンツエーリン》』をうつし送った。中也の上京は、その後まもなくの三月であり、あるいは富永を介して、中也も賢治の詩を知ったかも知れなかった。ここは偶然の一致にすぎないが、中也がのちに書いたように、『春と修羅』を手にしたかも知れない一九二五年の暮れというのは、その後の中也に大きな影響をあたえることになる境涯的な不幸に見舞われた最初の時期にあたっていた。
一九三五年（昭和十年）になって書いた「宮澤賢治の詩」という文を、中也は、「彼は幸福に書き付けました」と、はじめている。

彼は幸福に書き付けました、とにかく印象の生滅するまゝに自分の命が経験したことのその何の部分をだってこぼしてはならないとばかり。それには概念を出来るだけ遠ざけて、なるべく生の印象、新鮮な現識を、それが頭に浮ぶまゝを、――つまり書いてゐる時その時の命の流れをも、むげに退けてはならないのでした。
彼は想起される印象を、刻々新しい概念に、翻訳しつつあったのです。彼にとって印象といふものは、或ひは現識といふものは、勘考さるべきものでも翫味さるべきものでもない、そんなことをしてはゐられない程、現識は現識のまゝで、惚れ惚れとさせるものであったのです。それで彼は、その現識を、出来るだけ直接に表白出来さへすればよかったのです。

幸福に書き付けた、という印象は、中也にとって最初の一撃となった独自な経験だったにちがいない。その年、一九二五年十一月十二日に富永太郎は死んだ。富永は京都で出会って、短かい時間であったがフランス象徴派の詩人の存在などを教え、小林秀雄を紹介するなど、のちの中也を生み出す最初の布石になった人だった。それ以上に、そのどさくさにまぎれるようにして、その月の終りには愛人で同棲中だった長谷川泰子が、小林秀雄の元に去っていった。
　賢治の何が、中也の眼差しの最初に投じられたろう。私は強烈な違和だったような気がしてならない。この時期、中也の運命にとって象徴的な時間がかさなっていた。方法と経験のどちらがわからも、それがいかにして内部にたもたれるかが待たれていた。ここで、中也にもっとも近づいている詩は、あきらかに、『蠕虫舞手』『青い槍の葉』『原体剣舞連』など、自然の動態を、直接言葉に汲みあげた作品である。言葉によって、あるがまま、呼吸のままうつしとろうとした作品と言ってもよい。それが逆に、富永を媒介にしたことを物語るようにも私には思われる。擬人法を採用したり、ギリシャ文字のまがりくねった効果をそのまま視覚的に記号化して、蠕虫の運動に適用しようとしたり、賢治がここでめざしているのは、自然のあるがままの動態をそのまま内部生命としてとらえだし一体化しようとするこころみである。中也が、「自分の命が経験したことのその何の部分をだってこぼしてはならないとばかり」と言うのは、従来の日本の詩の用語法からすればはるかに常軌を逸したかにもみえる、なりふりかまわぬ大胆で細心な展開にあったといえるだろう。つぎは、『蠕虫舞手』の前半である。

　（えゝ　水ゾルですよ
　おぼろな寒天《アガア》の液ですよ）

日は黄金《きん》の薔薇
赤いちひさな蠕虫《ぜんちゅう》が
水とひかりをからだにまとひ
ひとりでをどりをやってゐる
(え丶　8γe6α《エイトガムアアイースイックスアルファ》
　ことにもアラベスクの飾り文字)
羽むしの死骸
いちゐのかれ葉
真珠の泡に
ちぎれたこけの花軸など
(ナチラナトラのひいさまは
　いまみづ底のみかけのうへに
　黄いろなかげとおふたりで
　せっかくをどってゐられます
　い丶え　けれども　すぐでせう
　まもなく浮いておいでゝせう)
赤い蠕虫舞手《アンネリダタンツエーリン》は

とがった二つの耳をもち
燐光珊瑚の環節に
正しく飾る真珠のぼたん
くるりくるりと廻ってゐます

だが方法のがわからのみ冷静にみるなら、この時はまだ当時の象徴詩や翻訳詩の流れにあった、和風、漢風、洋風の、混淆したままの影響をかなりに受けている。この点では、口語自由詩へいたる過渡的な過程の、賢治的な吸収を知らせるものとしてかんがえてよいかも知れない。ギリシャ文字の記号化なども、方法としてはその例であり、蠕虫舞手という一見合成語的用語法も、ルビふりなども、そのひとつであると言ってよい。

当時の中也は、高橋新吉の『ダダイスト新吉の詩』に深く共鳴して、みずからダダイストと名乗った最後の時期にあたっていた。富永太郎の死を記録した正岡正三郎氏の文章にある、「十三日。雨時々降る。四時頃目覚める。富倉、村井、小山、次郎さん起きてゐる。昼。納棺。夕方、ダダさん、蒼い顔して来る、二晩寝なかった由。遺稿など眺めて徹夜」のなかの、ダダさんとは中也のことである。しかし、その後、『春と修羅』を手にしたあたりから、中也は方法としてはダダの直接の影響から離れはじめる。『朝の歌』の文語体による定型詩の意味のひとつもそこにあるが、ここでは省く。しかし、新吉の詩を捨てたわけではなかった。一九二七年（昭和二年）九月から、中也は辻潤をしばしばたずねるようになる。このころ「高橋新吉論」を書いて新吉に送っている。くしくも、日記のなかに賢治が姿を見せてからしばらくしてのことである。この時期、中也が好んで読んでいるのは、佐藤春夫、辻潤、ヴェルレェヌ（堀口大学譯訳）、高橋新吉である。この年、九月六日の日記に中也は書きとめた。


ダダは一番肯定した。

そしてダダはしまひに放棄した。つまりそれは遊離状態だ。

死ぬまで肯定する時、ダダは「概念をチラス」ことになる、何故といって、放棄は思索（夢）が方法的諦結を齊らさないからのことであり、方法的歸結の出ないことを感じさせられる時が人間に於て概念の散る直ぐ前の瞬間だから。

即ち私に於ては概念とはアプリオリが空間に一個形として在ることを意味する。（正しい活動だけが概念でない。）


先の「宮澤賢治の詩」はそれから八年後の文であり、一様に比較するのにはむりがあるかも知れない。しかし、ここで語られた中也の〈概念〉の規定は少々やっかいである。たとえば中也の詩にしきりにあらわれる〈死児〉のイメージを、「アプリオリが空間に一個形として在る」先天的な、原思想（原イメージ）と考えてしまってよいだろうか。

コボルト空に往交《ゆきか》へば
野に
蒼白の
この小児。

星雲空にすじ引けば、
この小児
搾る涙は
銀の液……

（この小児）

あるいは、日記と同じ時期の日付をもつ、題名のない作品の、

疲れた魂と心の上に、
訪れる夜が良夜《あたらよ》であった……
そして額のはるか彼方に、

私を看守る小児があった……

の〈死児〉である。これはいつもどんなときも、中也の詩を理解するためのひとつの鍵《キイ》である。

いずれにしても、中也がここで語ったものは、心理の深層からもたらされる無意識的なものが、言葉と出会う（表現にいたる）ときの、言葉としての迎えるがわからの方法を指しているようである。そこで、あらゆる秩序の破壊を前提にしたダダにたいして、懐疑がはたらいたのであろう。『朝の歌』の文語の使用と定型律をひとつの裏づけとしてみれば、理解しがたいことではない。

『高橋新吉論』のなかに中也は書きつけた。

こんなやさしい無辜な心はまたとないのだ。それに同情のアクチィビティが澤山ある。これは日本人には珍らしい事だ。

この人は細心だが、然し意識的な人ではない。意識的な人はかうも論理を愛する傾向を持ってゐるものではない。高橋新吉は私によれば良心による形而上学者だ。彼の意識は常に前方をみているを本然とする。普通の人の意識は、何時も近い過去をみているものなのだ。――

彼の魂にとって現象は殆んど何物でもない。といってこれは現実を無視してゐるといふのではない。寧ろ彼こそ一番現実の大事な人なのだが、蓋《けだ》しそれは幻想としてだと先ず言って置かう。――彼にとっては常に真理が必要なのだ。それが彼の良心の渇《かわ》きで、云はゞ彼は自動機械的に現実を材料としての夢想家なのだ。

とおいかなたを高橋新吉は彼の持つ良心にしたがって幻視しているというのが、なかなか了解しがたいが中也が述べたかったことのひとつの内実であろう。高橋新吉の展開する一見破壊的衝動的な作風にもかかわらず、中也はその底を流れる、新吉のストイックな抑制的な内部に気づいていた。ずっとのちになって、新吉は「ダダは初歩的禅の亜流に過ぎないと思っている」と言った。表現の衝動とはウラハラに、新吉は空虚な自我の状態に苦しんでいた。新吉の詩も、つまるところは赤裸な自己告白のうちにあった。

一人のダダイストは　どんなにくだらないつらい生活でも好い　死ぬのが厭だ　一呼吸でも永く生きて居たい　と遺書の中に書いてゐた　彼は或結社の三階の図書室の電燈の紐《ひも》で首を縊って死んだのである　生前彼は非常に温厚で結社の規約に違反するやうな言行は一度もなく　皆のものから絶対に信頼されてゐた

（断言はダダイスト）

苛立ちに近い逆説が、この詩行には現実のがわから襲っている。たくさんの連と、おびただしいフレーズのなかで、荒唐無稽に現実との違和をさらけだしたあげくに、新吉はふと立ちどまり、足元を見つめ、ごくあたりまえのことを、〈どんなにくだらないつらい生活でも好い死ぬのが厭だ〉とつぶやいたのであった。そのような生身のつぶやきをのこして詩のなかで縊死したのは、むろん新吉自身のがわであった。空虚な現実がそびえる。中也はここで、つぶやきと実行々為（縊死すること）のあいだの、紙一重の誤差がもたらす無限の距離を見つめている。いつか彼が、詩人であるよりも実社会の人であると思ったことを思っている。中也は、「余り善良なものは却《かえ》って悪人であるかの如く怯えるものだといふシエクスピアの言葉は高橋に当嵌るだらう」と、このあとに書いているが、新吉の死におびえるほんとうの心を見抜いたのである。同時に、現実から追いうちをかけられて救いを求める新吉の肉声をも聞いたのだった。この『高橋新吉論』を書いた三日後の、九月十八日の日記に中也は書きしるした。

見渡すかぎり高橋新吉の他、
人間はをらぬか。

それから、宮澤賢治について具体的なものを書くまでに八年たった。だが、八年の流れのうちに、賢治にたいする修正も、新吉にたいする変容も、とくべつにあったとは思われない。ただ中也が、初期詩篇にみせたダダイズム的表現法を、大きく逸脱させたことだけが確かであった。そして、中也もまたおびただしい告白を出現させた。小林秀雄流にいえば、告白することによって、あたらしい悲しみをつくりだしていった。それらを前提しながら、あらためて二つの論文を見較べてみると、底を流れる微細な揺れがあることに気づかされる。ほとんど一卵性双生児に近い震音である。新吉論で、「彼の魂にとって現象は殆んど何物でもない」と述べた同じ位置を逆さにして、こんどは賢治にたいして、「彼は想起させる印象を、刻々新しい観念に、翻譯しつつあったのです」とのべた。そこが震源地のひとつであるだろう。賢治の、中也のいう想起される印象がもたらされる場処とは、地上に腹這いになって前方をみつめた眼、そして目の位置から水平に、けっして目をそらさないで世界を確かめるという方法につきていた。そこに一体感の視座が広がり、交信の符号が生まれたのであった。『蠕虫舞手』を例にすれば、羽むしの死骸、いちゐの枯葉、真珠の泡をよびだして、自分の身体と等しいものとしてあつかい切る態度である。伸縮自在になるのは、しかし対象ではない。対象を見るこちらがわの伸縮自在であり、そこに中也のいう、概念を新しくするという可変現象が生じたのである。それにたいして中也が新吉のなかに、真理をともなう幻想を見たのは、とおい彼方へいたる新吉のなかの直線を見たことにあった。中也もそれにこがれていた。普遍的なもの、力あるものは、不必要なのではなかった。しかし、『朝の歌』は、一見うつろいゆく朝の室内の景色を内部の風景としてうつしだしているが、中也が見たかったのは時間の流れとともに溶けていく朝とはまるでちがっていた。いつまでもものうく過去からの夢におびやかされて、いつまでも揺れている心的なありのままの状態であった。

新吉の詩に、「彼にとって現象は殆んど何物でもない」と中也に思わせたものは、論理をきつく培養させた詩の文体のうちにあるだろう。あるいはまた、オブジェのひとつひとつを取り出して泥に染ませるような、意識的な言葉（単位あるいはオブジェ）にたいする冒瀆にあるだろう。ダダイスト新吉にとっては、こんなふうにして言葉のひとつひとつを汚すことが、仮構力でありダダ的な実践であった。その意味で、あらゆる現象は言語の単位にむけて解体され、しかるのち、空虚のうちに蘇生された。先の遺書を書いて死んだ男のように、生きたいという欲望と、現実に生きることとは分裂させられ解体されることで、はじめてひとつの詩的現実として可能になることができた。

オシ
　　　歯　歯
　　顎　顎
鴨居　　閾
踵を吸って舌焼くな

汁粉は上に飛び跳ねる
　たばこのダンス
　　鼻骨が抜けた
　　　頭を打ち割れ

ダダイズムに必要なのは、意味の解体などという卑屈なものではなかった。死さえもが、解体されねばならないものとしてあった。先の欲望を剝がれて死んだ男のように。

辻潤は、「自分がダダといった意味は、自分のミクロコスモス的自覚に名づけた名称にすぎない」と言っている。このばあいはあらゆる交感可能を指すだろう。この柔軟な適応性のゆえに、彼は自分のダダを長く保つことができた。そう考えたとき、中也も、表現術としてのダダイズムと新吉の詩の表現術のウラにひそむ逆説に気づいたようであった。「高橋新吉論」を書いたとき、当の新吉はすでにダダをやめていた。中也の新吉論は、そんな彼を理解したいぎりぎりの心情で書かれたとも云言いうる。しかし、自我との私闘は残った。新吉は禅に帰依し、実生活のなかで自分の無辜を守り抜こうとこころみた。『宮澤賢治全集』のなかで、彼が認められることは、あまりに遅かったのはなぜだろうか、と問いかけたあとで、中也はより具体的に賢治の詩について語っている。

此處には、我が民謡の精神は実になみくとしてゐて、これは、詩書を手にする程の人には最も直ちに、感じられる底のものである。此處に見られる感性は、古来「寒月」だの「寒鴉」だの「峯上の松」だのと云って来た、純粋に我々のものである。主調色は青であり、あけぼのの空色であり、彼自身の讃ふべき語を以てすれば、「鋼青」である。眞昼の光はあっても少しくであり、それもやがて暮れるとしてのことのやうであり、此處では、紅の花も、やがて萎れて黝ずんだ色になるとしてのことである。それに猶、諸君も嫌ひではない冗舌は、此處に十分に、接配《ママ》されており、直き直きに抽象語を以てしなければ、かの「意味がない」と云って嘯《うそぶ》く、平盤な心情の人達のためには、十分哲学的学術的な言葉も此處には見出されるのである。

ここで民謡の精神とは、西洋語と対立したナショナルな民衆の情念をさすものであろうし、そこで中也がみたものは、それらが薄暮の色調のなかで展開されていることであった。しかも象徴詩の高踏的な語法に慣れた人には、哲学的学術的な言葉が十分代行しうるだろう、と説いたのである。多少、啓蒙的な感じがしないわけでもなく、このように要約してしまえば、特別には何の変哲もないようだが、実際には中也にとって根柢にあったおのれにたいする地方と、方法としてあらわれた都会の問題がよこたわる。賢治が地方の風をなびかせて生活していることに無関心でありえたわけがない。

佐藤惣之助は、辻潤についで、賢治の詩について活字で批評した人である。彼が賢治に着目した理由にはつぎの二点が準備された。詩語詩藻がいっさいないこと、天文、地質、植物、化学の術語とアラベスクのような新語体の鎖が、つきることなく廻転していたこと、二つ目については「私達の持たない峻烈な、電線的気芳があった」（宮澤賢治）と、惣之助は書いている。電線的気芳、とは苦労した言葉であろう。惣之助は民衆詩派系の詩人でもあるが、このころは辻潤とも交友があり、大正十年に刊行した、『深紅の人』という第四詩集の序辞の冒頭には、辻潤訳のスチルネルの『唯一者とその所有』の言葉がかざられた。辻潤の「原始林の匂ひ」という直観批評を、ある程度補完するものと考えてもよいだろう。二二歳の草野心平が感じとった「斬新な宇宙感覚」も同じようにしてここに包摂されると考えられる。『春と修羅』は、いわゆる口語自由詩によって成り立っているが、この時期には、時代はすでに朔太郎の『月に吠える』『青猫』らを持っていた。朔太郎は口語自由詩に音楽の観念を最初からつよく結びつけていた人であるが、発刊時、世間に大きな衝撃をあたえた詩的展開のもたらした病的な感覚とか官能性については、中也はどうしたわけかその視線をはずしている。その理由のひとつに、中也に内在する深い〈地方〉があげられなくてはなるまい。のっぴきならない〈地方〉をかかえた中也にとっては、朔太郎の病む感覚もまた精神の遊戯に見えたかも知れなかった。しかも中也には、富永太郎を経由して獲得したヴェルレェヌがあった。ヴェルレェヌがもたらした音楽が先験的に存在した。そして感性の奥底には、郷里山口の風景を原点とした始原としての故郷があった。生涯の最後にしるされた『在りし日の歌』の後記の最後には、刺激的なつぎの一行がのこされる。

さらば東京！　おーわが青春！

中也の不幸のひとつは、棄郷の失敗に他ならなかったと私は思う。ここで、賢治について語った民謡の精神が浮きあがる。賢治の地方は、中也のなかの棄郷をするどく刺激するものでなければならなかった。と、同時に、賢治がかかげた惣之助のいう「峻烈な電線的気芳」は、中也のなかのフランス象徴詩に拮抗するものとして厳としてあった。

飛躍めくが、私は中也の訳したランボオを読みながら、それが口語訳であることにいい知れぬ驚きを感じたことがある。ちなみに『酔ひどれ船』を見てもよい。さすがの小林秀雄もここでは文語体である。第一連を中也、小林秀雄、そして新潮社版全集の鈴木信太郎訳の順で掲げておく。

私は不感な河を下って行ったのだが、
何時しか私の曳船人等は、私を離れてゐるのであった、
みれば罵り喚く赤肌人等《あかはだひと》が、彼等を的にと引ッ捕へ、

色とりどりの棒杭に裸かのままで釘附けてゐた。

われ、非情の河より河を下りしが、
船曳の綱のいざなひ、いつか覚えず。
罵り騒ぐ蛮人は、船曳《やつら》を標的《まと》に引ッ捕へ、
彩色《いろ》とりどりに立ち並ぶ、杭に赤裸《はだか》に釘付けぬ。

非情の大河の溶々たる流れを　下り行きしとき
水先の船曳《フナヒキ》どもの響導も　いつしか覚えず。
赤肌の南蛮鴃舌《なんばんげきぜつ》　船曳を弓矢の標的《まと》に引捕《ひっとら》へ、
色鮮やかなる亂杙《らんぐひ》に、赤裸《せきら》、釘付けに射止めたり。

皮肉なことだが、鈴木信太郎訳に和漢洋混淆の大正期の翻訳調が一番つよくのこっている。かつてこの鈴木訳からランボオに接近した私などが、少々興味を減殺させられたのも、この馴染みにくい用語法が多分に影響していた。中也訳の魅力は、なんとしてもこれらの難解な用語法によって老けこまされたランボオが、十代の少年らしくみずみずしくよみがえったところにある。

しかし、中也のなかには極端なまでに伝統詩や象徴詩の形式をうちくだいた口語自由詩の、とくに民衆詩派の流れにたいする反発がうずいていたことはいなめない。中也だけではなく、富永太郎や、中也が属した〈白痴群〉のメンバーにも共通して、それはあった。中也がたどったコースで面白いのは、そこで朔太郎が、原理として詩と音楽を結びつけたようにはみじんも動かなかったことにある。中也はヴェルレェヌを基層におくことで、音楽をたぶんに方法としてよりも気質的なものとして認定した。彼の民謡という用語法はその反映としての言葉であろう。自意識にもとづいて折り折りの表現衝動によって、音楽にみちびかれながら、自在な方法を駆使するというのが中也の態度であった。『冬の長門峡』をひとつの例にしてもよい。

長門峡に、水は流れてありにけり。
寒い寒い日なりき。

われは料亭にありぬ。
酒酌みてありぬ。

われのほかに別に、
客とてもなかりけり。

前半三連だが、フレーズを仔細に見ていけば、表現の質は歌われるよりもむしろ描写に近い。特徴的なのは、思い切りよく省略（ここでは二行詩の構成法）がとられ、省略によって生みだされたツナギのなかに、文語的な助詞の脚韻を思わせる方法が、連続（時間）の効果を生みだしたのである。

賢治は幸福に書きつけた——これは辻潤にも惣之助にもなかった眼差しであって、棄郷に失敗した田舎人中也のなかにあってこそ通じる固有のものであって、そこに「宇宙的」「電線的気芳」がくわわったとき、中也ともちがう賢治の心域は、はじめて中也にまぶしい言葉になったのである。中也は、「精神といふものは、その根據を自然の暗黒心域の中に持ってゐる」と考えた。あるいは、「幸福は事物の中にはない。事物を観たり扱ったりする人の精神の中にある」（藝術論覚え書）と書きつけたが、これらはいずれも、賢治を意識することで書かれたものと考えてよいだろう。賢治がやがて想像力においてつむぎだす〈イーハトヴ〉という地方は、中也の棄郷の挫折という、中也のたどった〈近代〉を反措定とするとき、いっそう鮮明な像を描くことのようにも思われる。一方に、自我との格闘のはてに狂気にいたった高橋新吉の自滅を置くとき、「イーハトヴは一つの地名である」という宣言は、汎生命においてあきらかに解放でありえた。賢治の棄郷は、想像力のかなたへ止揚されたのであった。故郷を抱いた中也が、賢治と新吉の裂かれた深い溝をたゆとうたとき、中也における不幸も根づいたのであった。それは初期詩篇に新吉の影を見、「永訣の秋」や「修羅街輓歌」などの用語法に、賢治の類似を見るということなどとは無縁である。

けさはじつにはじめての凛々しい氷霧だったから
みんなはまるめろやなにかまで出して歓迎した
（イーハトヴの氷霧）

の先に、『長門峡』の終行

あゝ！――そのやうな時もありき、
寒い寒い　日なりき。

はかぶせられるか、という意味において、中也の詩は存在としての不幸を体現しているのである。

それにしても私は、『春と修羅』に注がれた先駆的な眼差しが、富永太郎をのぞいていずれもアナキズム系の人々であったことに、独自な因縁を感じとらざるをえない。それは辻潤のような思想家がやがて傍系を余儀なくされ、黙殺されていく文学史のゆがみにそのまま照応している。やがて一九二五年（大正十四年）四月、草野心平が出したトウシャ印刷の月刊詩誌には、賢治も新吉も姿を見せる。おくれて賢治のしたしい友であった森佐一も顔をみせる。『春と修羅』刊行の時期、賢治はしかし自分のほんとうの価値にほとんど気づいていなかった。丸腰の田舎者であり、田舎者であるがゆえに、地方の再編成が可能となったのである。

二度生まれの子

『春と修羅　第一集』のなかで、妹トシの死を歌った「無声慟哭」は五つの作品によって構成されている。そのうち、「永訣の朝」「松の針」「無声慟哭」の三篇については、末尾に〈一九二二、一一、二七〉の日付がつけられて、そこだけが二重括弧でくくられている。すでに多くの人が指摘するとおり、それらの詩の成立はその日ではありえなかった。とすれば、賢治はどうしてわざわざ二重括弧の日付を入れたのだろうか。

私にわかることのひとつは、賢治はトシの死を悲しんだが、それを抒情してしまおうとははじめからいっさい考えていなかったろうことである。堀尾青史氏の『「無声慟哭」の日』は一九二二年（大正十一年）十一月二十七日の、トシの亡くなった一日を綴った（取材と調査で集大成した）ドキュメントであり、賢治自身の作品の検討をとおした現場の再構成であるが、これを読んでいるとかえって私には、賢治がこれら二重括弧でくくった作品において、トシの死をつつむ全部の状況を、ともあれ自分の内面史として、叙事的に克明に定着させようと試みていたことがわかってくる気がした。言葉をかえれば賢治はこのばあいには、現場を再構成させることが可能なように歌ったのであった。このとき、トシの死によって失なわれた現実の生の場における一体感をどう再生させるかが、賢治にとってすでに切実な緊急な内面の課題になっていた。自分の半身は死んでしまったのだ、と賢治はたしかにそのとき思っていたろう。「無声慟哭」のなかの〈わたくしは修羅をあるゐているのだから〉の〈修羅〉という言葉は、この詩集の「序」や同名の詩にあらわれて、それ自体はすでにめずらしい言葉でもなんでもないが、ここに置かれたことには特別な意味がかくされる。つまり賢治は、ひとりぼっちになってしまった自分を耐え切れないものとして、どこまでもまずそのことを思わねばならなかったからである。そこから抜けだすためにも、賢治にいま必要なことは祈り《オリゾン》におけるひとつの目安として、心を外的な感覚からひきはなすことでなければならなかった。現実の臨終の場から自分の内的な世界へ、ありったけの力で、賢治はトシをつれ去らねばならなかったのである。

　その日、早朝から、びちよびちよとみぞれが落ちてくる、と堀尾氏のこの文章は書きとめている。おびえるようにただひとり目をあけて宮澤トシは外の音を聴いている。ふと、看護婦の藤本さんが一秒に二つしか打たない脈に気づく。医者の藤井さんが看護婦をともなって、悪路を羽織袴でやってきて、もう時間の問題になっていることを告げた。賢治は枕元に座っていた。トシが、「あめゆじゅとてちてけんじゃ」と兄にたのんだ。そうしたとき、少女のように甘えた表情になる。賢治は一瞬によろこびと救いを感じ、バネのように立ち、台所から二個の茶碗をとると、そこから戸を押しあけ、まがった鉄砲玉のように庭へとびだした。

夜八時半宮澤トシは二十四歳でこの世を去った。そのとき妹のシゲが気づくと、賢治はトシの頭を膝にのせ、太い火箸で、長いもつれた髪をグリグリと怒ったように梳いていた。

最後は、柩がぬかるみを火葬場へ向かったとき、どこからかふいに姿をあらわし柩に手をそえ、経をあげながら進んでいる賢治の姿をつたえている。

さて、私たちはこれら三つの作品が、トシの死の直前から死にいたる過程として、現在進行形のかたちで書かれていることにひとつの注意をはらわねばなるまいと思う。

永訣の朝

けふのうちに
とほくへいってしまふわたくしのいもうとよ
みぞれがふっておもてはへんにあかるいのだ
（あめゆじゅとてちてけんじゃ）
うすあかくいっそう陰惨な雲から
みぞれはびちょびちょふってくる
（あめゆじゅとてちてけんじゃ）

青い蓴菜《じゆんさい》のもやうのついた
これらふたつのかけた陶椀《タウワン》に
おまへがたべるあめゆきをとらうとして
わたくしはまがつたてつぽうだまのやうに
このくらいみぞれのなかに飛びだした
　（あめゆじゆとてちてけんじや）
蒼鉛《サウエン》いろの暗い雲から
みぞれはびちよびちよ沈んでくる
ああとし子
死ぬといふいまごろになつて
わたくしをいつしやうあかるくするために
こんなさつぱりした雪のひとわんを
おまへはわたくしにたのんだのだ
ありがたうわたくしのけなげないもうとよ
わたくしもまつすぐにすすんでいくから
　（あめゆじゆとてちてけんじや）
はげしいはげしい熱やあへぎのあひだから

おまへはわたくしにたのんだのだ
　銀河や太陽　気圏などとよばれたせかいの
そらからおちた雪のさいごのひとわんを……
……ふたきれのみかげせきざいに
みぞれはさびしくたまってゐる
わたくしはそのうへにあぶなくたち
雪と水とのまっしろな二相系《にそうけい》をたもち
すきとほるつめたい雫にみちた
このつややかな松のえだから
わたくしのやさしいいもうとの
さいごのたべものをもらっていかう

読んでわかるとおり、こんなふうにしていきなりトシは、すでにその日のうちに確実に彼岸にいってしまうものとして歌いだされる。外はたえまなくみぞれが降りつづいている。〈あめゆじゅとてちてけんじゃ〉というトシの方言のままの肉声が、まるで呪文のようにリズムをもってルフランするのは、賢治の心象として内面的な祈りに通ずるとともに、賢治とトシをつなぐ最後の交信として、トシのがわから他者のいっさいを切り離すものとしても作動させたいからである。すでにここにあるのは、トシの死を見つめたいという凝視の態度であるよりも、その死にそって、いかにして一体化ならしめるかという死への誘いの願望であるだろう。その意味では暗い熱のこもった、（死への同化をつよくのぞむということにおいて）生をはっきりと意志した作品であるといいうる。びちよびちよふってくるみぞれもまたひとつのルフランであるが、これはトシの肉声を裏返しにした、現世のがわから降りそそぐ哀音である。そしてこれはやがて、〈はげしいはげしい熱やあへぎのあひだから、おまへはわたくしにたのんだのだ／銀河や太陽　気圏などとよばれたせかいの／そらからおちた雪のさいごのひとわんを…〉みることで、賢治の具体的な心的な価値感とむすびつく。むつかしいのはむしろ、〈わたくしをいっしやうあかるくするためにこんなさっぱりとした雪のひとわんをおまへはわたくしにたのんだのだ〉というフレーズであろう。私の見るかぎりでは、ここでは賢治は、ここでトシを失なう不幸にたえかね、意識のうちでなんとかして不幸であるという意思を抜き去ろうともがいている気がしてならない。ウィリアム・ジェイムズのいう、二度生まれの子の虚無感がじりじりとにじみでる。トシの死の枕元で、賢治はじつにたくさんの了解不可能を経験しているのだ。それに納得をあたえたというすさまじい自己憐憫がこの作品のひとつのトーンを形づくっているという意味で、この詩はこのフレーズのためにつくってしまったのだといってしまえるかも知れない。

　このことは、死んでいくトシに（自分にたいする）善行をしいている内面の構成からもうかがえる。賢治はトシの死を見据えることによって、自分自身に安心をえなくてはならない（それがなければ発狂という自己解体さえ避けられないかも知れない）。それはあちらがわの人となるトシとのあいだに、固有の通路を生みだしてしまうことでなければならない。賢治が生の秩序を保つことができたのは、賢治のいう法華経という信仰の対象があろうが、ここはトシとのあいだの、私化された信仰を対象にした領域を別に細かく想定しなければならないように思われる。賢治は我執の人であった。そのことを賢治はすこしも隠していない。極端な禁欲主義が破滅を招くだけのものでしかないことも賢治はよく知っていた。それを知ってなお禁欲をしているところに賢治の我執があった。修羅はそこから生まれたひとつの表現法だったろう。

私はいま堀尾氏がつくりだしたトシの修羅の場面の再構成から、詩のもっている逆に現場を誘いだす方法のことを思ったが、それが内面史として再現されるかぎり、そこにあったものはぜんぶ仮構の世界であったと言ってしまえぬこともない。この詩はたしかに、死んでいくトシが生々しく描きだされる。しかしおまえと呼びかける以外に、世界はふりつづくみぞれの哀音だけである。すべてが骨肉さえもが捨象される。括弧でくくられたトシの独白だけが響いている。ここで仮構とは、手法的には消去の形式とみなければならないと思う。世界はゆっくりと賢治とトシだけを残して溶解している。全部が生のがわからの訣別である。

ここでひとつ気づいてよいことがある。賢治における現実性と理想の織りまざりがしめす倫理ともいうべきものの位置である。ここでもトシは死ぬというぜったいの受容（前提）の上に詩は組みたてられている。しかもそれはふたわんの雪によって、生きのこるがわ（賢治のがわ）にあたえられた安心として現前する。私はこの詩は救済の作品とみなければならないと思う。

ここでは身代わることのできないぜったいの自然にたいする戦《おのの》きと、なんとか深い祈りによってそれを乗りこえたいという賢治の願望が、見えない深淵でひそかに衝突しながらやさしい火花を散らしている。私が我執の詩と呼びたいゆえんである。ふつうそんなふうに受けとりがたいのは、賢治のがわにたえず、トシのがわに吸われ吸いとられたいという願望がはたらいて未知な眼差しを印象させるからである。私は叙事的構成法と書いたが、もしこの詩にひとつの定義をあたえてみるとすればこれは告白であるだろう。どんなふうに悲しんだらよいのかまるでわからないというところから、賢治の告白ははじまったのである。これには「松の針」のつぎのフレーズをかぶせてみることができるだろう。

ああけふのうちにとほくへさらうとするいもうとよ
ほんたうにおまへはひとりでいかうとするか
わたくしにいっしょに行けとたのんでくれ
泣いてわたくしにさう言ってくれ

だれにそれをたのめと言うのか。これは「無声慟哭」のつぎの個所ともつながっている。

わたくしのかなしさうな眼をしてゐるのは
わたくしのふたつのこころをみつめてゐるためだ

〈わたくしのふたつのこころ〉とはなんだろう。なぜ悲しそうな眼をしているのだろう。賢治はこの詩を〈かなしく眼をそらしてはいけない〉という自戒の言葉でくくっている。賢治のなかの聖と俗は、トシの死を得ることで一気に両極に引き裂かれる。俗はことごとく賢治につき、トシは聖のがわをたどりはじめる。誤解を避けるために書きつけておくが、それは美化をさすのではない。一体感の内部でそれは裂け、差異の生ずることを(賢治は)めざしたのである。思想活動の動機として、トシのがわから見つめるならばトシ自身の死は、信念の達成、あるいは思想の休息となるべきものであった。賢治はのこされ、経験的にはそれは未知なるものとして残されたのであった。

ここで『春と修羅』の「序」の、〈これらについて人や銀河や修羅や海胆は〉という、一行にこだわっておかなくてはならない。「序」であることによって、この詩は、この詩集の最後の日付に書かれている。もっとも早い時期に書かれた『春と修羅』の〈唾《つばき》し　はぎしりゆききするおれはひとりの修羅なのだ〉という人生嫌悪感ともちがって、これは一列の宇宙の生命現象のひとつであるように歌われている。むろんここでも、修羅を賢治自身の内面としてとらえることは容易である。しかし私は、ここは修羅へのたかぶりを見ておきたいと思う。トシの死が賢治にしいたものは、自然（神）がもたらした苛酷な刑罰であった。賢治ひとりがとり残されたという意味で受苦であった。このとり残されたものの汚れの自覚が、鋭くいつまでも賢治を襲いつづけた。ここでは賢治は生きつづけるものの、トシの眼差しによる思想的嫌悪をいっぱいに響かせなければならない。この汚れを自覚している存在が、トシの眼に晒されて怯え告白をしいたのでもあった。

「無声慟哭」におさめられたのこりのふたつの作品、「風林」と「白い鳥」は、トシが亡くなった翌年の六月三日と四日にそれぞれ成立している。このあいだに、賢治は弟の清六に、たくさんの童話原稿を東京の出版社に持ちこませたり、春ごろからすこしずつ、新しい童話の制作にあたったりしている。気力は回復しつつあったと見てよいだろう。そして七月、異界のトシと交信するための北方旅行に立ったのだが、その前に追慕としてこの二篇が書かれたことは興味深い。これは臨終詩篇が書かれたあとでなければ、書けなかったろうからである。つまり二重括弧の三作は、その前に作品としての完成を見たのであろう。完成というしのぎを経たとき、賢治のなかに、トシや自分が住んでいる日本国岩手県＝イーハトヴがよみがえったというべきである。『「風林」』は生徒たちと野に遊んでいるときの、トシを求めて孤独にゆらぐ心域を歌ったものであり、「白い鳥」は、童話的手法となるべき擬人化がようやくつかわれている。この整序化された手法にたちもどったとき、北の旅は構想されたはずであった。

ここですこしばかり賢治の軌跡を遡行してみたい。掲げるのは、トシの死の逆に半年ばかり前にさかのぼる、『小岩井農場』のほぼ最後の部分である。

もう決定した　そっちへ行くな
これらはみんなただしくない
いま疲れてかたちを更へたおまへの信仰から
発散して酸えたひかりの澱だ
ちひさな自分を劃ることのできない
この不可思議な大きな心象宇宙のなかで
もしも正しいねがひに燃えて
じぶんとひとと万象といっしょに
至上福祉にいたらうとする
それをある宗教情操とするならば
そのねがひから砕けまたは疲れ
じぶんとそれからたったひとつのたましひと
完全そして永久にどこまでもいっしょに行かうとする

この恋愛を恋愛といふ
そしてどこまでもその方向では
決して求め得られないその恋愛の本質的な部分を
むりにもごまかし求め得ようとする
この傾向を性慾といふ
すべてこれら漸移のなかのさまざまな過程に従って
さまざまな眼に見えまた見えない生物の種類がある
この命題は可逆的にもまた正しく
わたくしにはあんまり恐ろしいことだ

私が注意を喚起したいのは、このなかにみられる極端な賢治の禁欲主義がもたらした宗教情操と、それと対立状態におかれている恋愛の位相である。ここでは恋愛は、自我の濃縮された傾向をぜんぶ受けとっているものとして描かれる。しかも賢治は、おのれの内なる煩悶として、経験的にこの恋愛状態の無政府なところも知りつくしている。その点で、〈どこまでもその方向では、決して求め得られないその恋愛の本質的な部分を、むりにもごまかし求め得ようとする　この傾向を性慾といふ〉とは、かたくなに自己放棄にいたろうとするときにみせた賢治自身の自覚されたねじれ（自己矛盾）とみるべきであるだろう。このねじれが命題となり、かつ可逆的にも正しくといわざるをえなかったとき、〈わたくしはあんまり恐ろしいことだ〉というかなしみは告白されたのだった。

それにしてもその前になにが〈もう決定した　そっちへ行くな〉と言わしめたのだろう。この「パート九」は、いま私が引いた前の部分で、ユリアとペムペルのふたりに会うところから展開されている。賢治好みのふたりであるが、私はこの連想は圧倒的な告白をひきだすために生みだした賢治の、演繹的な仮構という気がしてならない。順序があとさきになったが、そこのところを見てみよう。

ユリアがわたくしの左を行く
大きな紺いろの瞳をりんと張って
ユリアがわたくしの左を行く
ペムペルがわたくしの右にゐる
…………はさっき横へ外れた
あのから松のとこから横へ外れた
《幻想が向ふから追ってくるときは
もうにんげんの壊れるときだ》
わたくしははっきり眼をあいてあるいてゐるのだ

ユリア　ペムペル　わたくしの遠いともだちよ
わたくしはずゐぶんしばらくぶりで
きみたちの巨きなまっ白なすあしを見た
どんなにわたくしはきみたちの昔の足あとを
白聖系の頁岩の古い海岸にもとめただらう
　《あんまりひどい幻想だ》
わたくしはなにをびくびくしているのだ
どうしてもどうしてもさびしくてたまらないときは
ひとはみんなきっと斯ういふことになる

　この『小岩井農場』には二つの異稿がある。そのうち先駆形となる、四百字詰原稿用紙の裏面にペンで書かれ、一部に鉛筆による手入れやメモの記入された下書稿十一枚では、ユリアもペムペルもより具体的であり、作者の感情移入もよりはげしいように思われる。

ユリアが私の右に居る。私は間違ひなくユリアと呼ぶ。
ペムペルが私の左を行く。透明に見え又白く光って見える。
ツイーゲルは横へそれてしまった。

はっきり眼をみひらいて歩いてゐる。
あなたがたははだしだ。
そして青黒いなめらかな鉱物の板の上を歩く。
その板の底光と滑らかさ。
あなたがたの足はまっ白で光る。介殻のやうです。
幻想だぞ。幻想だぞ。
しっかりしろ
かまわないさ。
それこそ尊いのだ。
（ユリア、あなたを感ずることができたので
私はこの巨きなさびしい旅の一綴から
血みどろになって遁げなくてもいいのです。）

先駆形をひいたことには他意はない。私は私なりにひとつの仮説をたててみたいと思ったからである。この汎生命的に、むこうがわから突然やってきた妖精たちは、いったいなんなのだろうという素朴な疑問を設けてみることが必要なことに思えてきたからである。それは感覚の外のつめたい雨の風景からやってきた。先駆形では、三人目の妖精にもツイーゲルという名前

がついているがいち早く横へそれてしまう。のこされたのはユリアとペムペルのふたりだけである。ふたりは〈私〉の両がわにいて、まっ白に光る足ではだしで、青黒いなめらかな鉱物の板の上を歩いている。それをみてうろたえた人のように、〈幻想だぞ　幻想だぞ〉と〈私〉は叫ぶ。つまり、ここではしきりにおこなわれているのはさわっている行為だ。これは、〈私は間違ひなくユリアと呼ぶ〉という、断言肯定命題にもしみとおっていると考えてよい。そう言いきってしまわなければならない内的衝動、つむじ風のように襲ってくる官能的諸相がいま賢治にある。それも妹のトシではなくどこまでもユリアでなければならないというふうにして。この妖精たちの出現が、このまま賢治とトシの内面の風景であるのはまちがいないだろう。作品としてはひとりの旅人である〈私〉の心象スケッチということになっているが、圧倒的に告白を感じとってしまわねばならないのもここであり、内的な葛藤である。賢治は自分の内なるエロスについて告白をはじめている。対象が仮構されたユリアであることでようやく踏みとどまる。〈ユリア、あなたを感ずることができたのだ〉というところまで一気にすすめられるのはユリアだからである。

先駆形ではここからさらにさまざまな感覚の風景がくり広げられるが、『春と修羅』の中の『小岩井農場』では、〈ユリア　ペムペル　わたしの遠いともだちよ〉と、関係が無難なところまでうすめられる。そうすることによって、先に引いた宗教情操と拮抗する恋愛へと、主張のかたちへと移行していく。私自身は、その結果が作品の成果になりえたかどうかについては、多少の疑問をはさんだままにしておきたい。いくら読みかえしてみても、〈もう決定した　そっちへ行くな〉の決断への繋ぎ目に納得されがたいからである。ここでは賢治は、本音を閉じようとしていたのではあるまいか。

　いずれにせよ、こんなふうにして賢治はこの作品で、自分をとにかく宗教情操へはこびこまねばならないと悪戦苦闘している。それが悪戦になったのは、一方でまちがいなく性の眼差しを起点としたからである。〈もう決定した　そっちへ行くな〉には、だが否定されたひとつの動機がかくされる。それが性の眼差しだ。その動機について、もうきめてしまったことだから、と賢治はみずからへ納得をした。ここで、トシの肉体を想定しなかったか。私はありえたと思う。ありえたから、禁欲はことのほか、賢治にとって深いきびしい内容となったのである。賢治の内部でこんなふうに、妹の肉体が性対象として意識されたがゆえに、『小岩井農場』一篇は、そのかぎりで、賢治の回心《えしん》の記録として読まれなくてはならなくなったのだった。賢治の修羅意識もまた、トシをめぐって内部で無限に拡大されるおぞき苦闘にあったと言ってしまってもよい。〈幻想だぞ。幻想だぞ〉と、賢治はまっ白く光る足を見て懊悩する。見てはならないものを見てしまっているのだ。だからびくびくしなければならない。うろたえとかなしみが、この詩に特異な彩りをそえている。おそらく意識の外から土足でふみにじるように幻想はやってきた。〈むりにもごまかし求め得ようとする〉かのように。だが賢治の詩の思想をささえているのは、どこまでも一途な禁欲と自己犠牲である。トシを得ることで、禁欲と断念はいっそう徹底されたと見なければなるまい。

すべてさびしさと悲傷とを焚いて
ひとは透明な軌道をすすむ

と、この詩の掉尾で賢治は歌った。これはひとつの結論であろうが、私たちが見なければならないのは、そこにある宙吊りの意志である。わかりやすいといってしまえば、理性と煩悩とのギャップである。それがより深いのは、このギャップを賢治自身が十分に自覚しているからである。そこでさびしさと悲傷とを焚しという行為が、軌道をすすむための条件としてあらわれる。『無声慟哭』の〈わたくしのふたつのこころ〉もまた、その一点にかぶさっていると言わなければならないだろう。

ここで、ウィリアム・ジェイムズのいう、二度生まれの子についてちょっと書いておきたい。一度生まれの子とは、神の存在を、美しい調和ある世界に生命を与える霊、慈悲ぶかい親切な、清純であるとともに恵み深いお方として見ることのできる人である。つまり宗教に入ることは、彼らにとってたいへん幸福なことになれることだ。これにたいして二度生まれの人間は、とウィリアム・ジェイムズは書いている。「二度生まれの人間が報告しているような恍惚たる幸福にいたるもっとも確実な道は、歴史的な事実が示しているように、私たちがこれまで考察してきたいずれよりもいっそう徹底した厭世主義を通過して辿りつかれたものであった。自然の善からどれほど輝きと魅力とかが剝ぎ取られうるものかということは、私たちがすでに考察してきたところである。しかし自然の善がまったく忘れ去られ、自然にも善いものが存在するという感情がすっかり心の領域から消え失せてしまうほどに大きなどん底の不幸というものがあるのである。厭世主義がこのように極端にまで達するには、人間を観察したり死を反省したりするより以上のなにかが必要である。個人みずからが病的な憂鬱の餌食とならねばならない。健全な心の情熱家が悪の存在そのものを無視するにいたるように、憂欝性の人間はいかなる善であろうと、心ならずも、その存在をことごとく無視してしまわずにいられない。」(『宗教的経験の諸相』)

ジェイムズは、一度生まれの人間は健全な心の宗教であり、それにたいして二度生まれの人間は病める魂の持ち主と要約している。善にたいして、どれも胸にむかついて顔をそむけたくなるような状態が、二度生まれの人間にはおとずれなくてはならない。ドストエフスキイの『罪と罰』を、いかに生きるべきかを問うたある猛り狂った良心の記録、といったのは小林秀雄だが、これは立派な二度生まれの人間に属するだろう。

トシにたいする思慕が、官能のたかまりにまでいたったことは、それ自体が禁忌《タブー》であるがゆえに賢治にとっては耐えがたい内面の嵐であった。みずからが病的な憂欝の餌食にならねばならないことであった。賢治にとって〈わたくしのふたつのこころ〉のひとつは、極端に厭世的であり邪悪な存在となるべきものであった。

わたくしはかつきりみちをまがる

『小岩井農場』はこんなふうに閉じられる。これは始まりであっても終わりを暗示しない。この詩が、終始光と影のふたつの面を背負っていたことは、すでにのべてきたとおりである。賢治の解決は息ぐるしく、意志はいつもどこかで途切れがちであるとだけ言いうる。

さて、賢治が異界のトシと交信するための、北の旅に出かけたのは、翌年の七月の末からであった。八月三日豊原市着。友人の細越健に会って用件をすまし、栄浜へおもむき、オホーツク海にトシを求める。私たちはここで、のちの『銀河鉄道の夜』の多くの原型を見出すことができる。しかし賢治の旅が、すんなりとトシと交信できるという保証はなかった。

ここでもう一度ジェイムズのところにもどらなければならない。外界の事実と、その事実とによってたまたま呼び起こされる情緒とのあいだには、合理的に推論できる関係などありはしないと、ジェイムズがちゃんと述べているからである。そういう情緒というものは、まったく別の存在領域に、つまり、その主体の生物的、精神的な存在領域に、その源泉をもっているだろう。「それらの情念によって惹き起される世界にたいする興味が、世界に対する私たちの贈り物であるのとまったく仝じように、それらの情念そのものが、また賜物なのである。」

この事実をしめす実例に、ジェイムズは私たちがもっともよく知っている極端なものとして、愛の情念をあげている。愛の情念は、起こるものならかならず起きる。もし起こらないものなら、どんな論法を用いてもむりに起こさせるわけにはいかない。けれども、日の出が死骸のような灰色から魅惑的な薔薇色へ世界を一変させてしまうように、愛の情念もまた、愛される者の価値をまったく一変させてしまうだろう。つまり、私たちひとりひとりにとって実際に実在している世界すなわち個人的世界というものは、物質的事実と感情的価値とが区別できないように結合している複合的な世界なのではあるまいか。

精神の可能性が新しい現実世界を経験させるのだ、と了解しておいてもさしつかえあるまい。そして、賢治の北の旅は、トシにたいするまことにのびやかな愛の情念から出発している。なぜなら、賢治はそれ自体が禁忌である狂おしい二度生まれの子を通過したからである。このときトシはすでにこの世の人ではなかったが、にもかかわらず異界のトシと交信しうるという、まったく新しい世界が拓かれつつあった。と、すれば、今こそ世界は、愛するものの価値のために輝かなくてはなるまい。

わたくしの汽車は北へ走ってゐるはずなのに
ここではみなみへかけてゐる
焼杭の柵はあちこち倒れ

はるかに黄いろの地平線
それはビーアの澱《おり》をよどませ
あやしいよるの　陽炎と
さびしい心意の明滅にまぎれ
水いろ川の水いろの駅
（おそろしいあの水いろの空虚なのだ）
汽車の逆行は希求の同時な相反性
こんなさびしい幻想から
わたくしははやく浮かびあがらねばならない
（青森挽歌）

だが賢治の現実の旅は、じっさいにはするどい虚無の相からはじまった。汽車は意識とは逆にみなみに流れ、水いろの空虚が心の空虚をうずめている。私はここでも、賢治のなかのトシの肉体を思わないではいられない。より正確に、トシの肉体を思う賢治の情念を思わないわけにはいかない。トシはすでに死んでしまった。肉体は失なわれてしまった。それは賢治をかなしませたが、さいなまされる精神の地獄からは解放させる結果になった。私は賢治の北の旅はこんなふうな、一方では精神の魔から解放された情念の思うにまかせた、トシを思う自由な想像力の旅であったと思う。それが軌道にのるのは、『青森挽歌』のなかばごろからで、音楽的な感官による透明なフレーズがつぎつぎかさなるあたりからである。賢治の心象スケッチは、ひとつは言葉による音楽であった。賢治とトシとの交信は、この音楽の言語的な表記法によって得られるものであった。同時にこれは賢治のなかで、トシの肉体をほんとうに死滅させるためのの旅でもあった。この北の旅が終わったあとに書かれたみじかい作品に、「手紙四」というのがある。無署名で印刷され、親しい人々に配布された。チュンセとポーセの兄妹の物語である。ここには、チュンセのがわからのポーセにたいする二つの罪が書かれている。ひとつはポーセの生前、ひとつはポーセが死んでしまったあとである。

ポーセはチュンセの小さな妹ですが、チュンセはいつもいぢ悪ばかりしました。ポーセがせっかく植ゑて、水をかけた小さな桃の木になめくぢをたけて置いたり、ポーセの靴に甲虫を飼って、二月もそれをかくして置いたりしました。ある日などはチュンセがくるみの木にのぼって青い実を落してゐましたら、ポーセが小さな卵形のあたまをぬれたハンカチで包んで、「兄さん、くるみちやうだい。」なんて云ひながら大へんよろこんで出て来ましたのに、チュンセは、「そら、とってごらん。」とまるで怒ったやうな声で云ってわざと頭に実を投げつけるやうにして泣かせて帰しました。

（中略）

それから春になってチュンセは学校も六年でさがってしまひました。チュンセはもう働いてゐるのです。春に、くるみの木がみんな青い房のやうなものを下げてゐるでせう。その下にしゃがんで、チュンセはキャベヂの床をつくってゐました。そしたら土の中から一ぴきのうすい緑いろの小さな蛙がよろよろと這って出て来ました。

「かえるなんざ、潰れちまへ。」チュンセは大きな稜石《かどいし》でいきなりそれを叩きました。

それからひるすぎ、枯れ草の中でチュンセはとろとろとやすんでゐましたら、いつかチュンセはぼおっと黄いろな野原のやうなところを歩いて行くやうにおもひました。すると向ふにポーセがしもやけのある小さな手で眼をこすりながら立ってゐてぼんやりチュンセに云ひました。

「兄さんなぜあたいの青いおべべ裂いたの。」チュンセはびっくりしてはね起きて一生けん命そこらをさがしたり考へたりしてみましたがなんにもわからないのです。

先に私はトシと賢治をめぐって、賢治のなかの聖と俗について多少書きとめたが、この『手紙四』であきらかにされた世界は、賢治がトシにたいして抱いていた贖罪に近い意識である。それはトシの死後も、なお不安定にゆれうごきながら、ついに賢治に自己告白を強いさせる結果になっている。これは賢治のなかにあるみずからへ悪を育てる事実があることを知らしめることでもあるだろう。それは賢治がかねがねトシに抱いていた、妄想ともいうべき真の部分である。ジェイムズは二度生まれの子の宗教にあっては、世界はいつも二階建ての神秘であると言っているが、これは、自然的な善はただ量的に不十分でうつろいやすいというばかりではなく、その存在自体のなかにある虚偽をひそませるということである。絶対的な平安は、二度生まれの子にとってはおとずれることがありえないのだ。

賢治のなかに、トシにたいする近親相姦的な情念があったとしても、それが情念にとどまるかぎり、沈黙すればそれはただの一過性ともなりうる性格のものではあった。しかし、二度生まれの賢治にとって、それは異質混交である以外に遁れようがなかったのである。『小岩井農場』を書いたあと、賢治は病気のトシを下根子の別宅にうつしている。自分自身もそこから通勤している。トシの容態が悪化する十一月の十九日までそれはつづけられる。『小岩井農場』の煩悶は実生活にひき継がれたのだった。作品『春と修羅』と『小岩井農場』をつなぐ賢治の修羅は、このとき絶頂に達していたと見てよいだろう。

『オホーツク挽歌』におさめられた一連の作品が、宗教情操に徹するための一途なこころみであったことは、たとえば『青森挽歌』の終行がしめしているとおりである。

ああ　わたくしはけつしてさうしませんでした
あいつがなくなってからあとのよるひる
わたくしはただの一どたりと

あいつだけがいいとこに行けばいいと
さういのりはしなかったとおもひます

だがこんなふうに歌った表現のさらなる底部では、チュンセの眼差しがしきりに投影される。ポーセの異界への旅を寄りそうように見とどけることが、これら一連の作品のなによりの約束だった。私の印象につよいのは、そこでむりやり穴をこじあけるように納得をしいている賢治の、つよい我執がのぞかせた作品のくい破りである。押さえのきかないかけがえのない悲しみが、賢治のだれにも洩らすことのできない内部を揺すぶっている。なぜ、けっしてひとりをいのってはいけない、ああわたくしはけっしてそうしませんでしたと、わざわざ告白しなければならなかったのだろう。これは〈むりにもごまかし求め得ようとする〉心中の、そのままの裏返しではないのか。チュンセのポーセにたいする贖罪の物語は、賢治の北の旅以後に書かれた。これはひとつの謎になるべきだろうと私には思われる。宗教情操に徹し切るはずの旅に、賢治はどこかでまだ充たされぬ挫折を感じとったにちがいないからである。北の旅に立つ二ケ月前に、賢治は『シグナルとシグナレス』という、思慕をテーマにした、悲恋物語ともいうべき童話を書いている。ここでは本線のシグナルと平行して走る軽便鉄道のシグナレスとの、越えることのできない宿命が断念のトーンを奏でる。地上にしばられ、そこから遁れることのできないものたちの悲劇が描かれる。そしてふたりがたどりつくのも心中の旅である。

実に不思議です。いつかシグナルとシグナレスとの二人はまっ黒な夜の中に肩を並べて立ってゐました。

「おや、どうしたんだらう。あたり一面まっ黒びろうどの夜だ」

じつに不思議なところがなければ、この物語は閉じることができないのだ。恋人同士のいきいきした感情がこの世にたえずつきまとわれているという現実を無視してしまったとも言ってよいだろうか。しかしこれが賢治の北の旅の序曲であった。ゆえにそこは、ふたりにとってただ不思議なところでありさえすればよかった。そして賢治の目的は、なんどもくりかえしたようにトシと一体になることで、宇宙の万象としっかりとむすび合わされることであった。だが、ひとりをいのってはいけないし、けっしてそうしていないと叫ばずにはいられない心域が賢治につきまとう。賢治にとって、二度生まれの子のいっそうの試練がせまっている。

わびしい草穂やひかりのもや
緑青《ろくしよう》は水平線までうららかに延び
雲の累帯構想のつぎ目から
一きれのぞく天の青

強くもわたくしの胸は刺されてゐる
それらの二つの青いいろは
どちらもとし子のもってゐた特性だ
わたくしが樺太のひとのない海岸を
ひとり歩いたり疲れて睡ったりしてゐるとき
とし子はあの青いところのはてにゐて
なにをしてゐるのかわからない

（オホーツク挽歌）

ここで賢治が見る青い色は、「兄さんなぜあたいの青いおべべ裂いたの」というポーセの着物の青にそのまま通じる。「かへるなんざ、潰れちまへ」というチュンセの乱暴な行為が、賢治の胸をも刺したのである。賢治はトシを求めているのに、トシは青いところのはてにいて、なにをしているのかわからない。賢治の交感の心理にとってここは息づまるところだろう。風景はくぼみ、トシがたてた十字架の刻みのなかをこまかい砂は流れている。ここで賢治が見た〈二つの青いいろ〉は『無声慟哭』の〈わたくしのふたつのこころ〉に、そのままつながるものと思われる。ただ二度生まれの子の賢治にとって、それがトシとの一体感を得ることにはなりえなかった。「手紙四」がそれを証明している。旅は賢治をひどく疲れさせるものとなった。

それにだいいちいまわたくしの心象は
つかれのためにすっかり青ざめて
眩ゆい緑金にさへなってゐるのだ

と、青いところのはてにトシを見る前に賢治は書きつきた。この虚無を越える以外に再生はありえなかった。

『春と修羅』出版事情

1

宮沢賢治の生前ただひとつの詩集『春と修羅』が刊行されたのは、大正十三年（一九二四）四月二十日であった。四六判箱入布製三二〇ページ、定価二円四〇銭。かなりふ厚い詩集である。発行所は、東京府京橋区南鞘町十七番地関根書店となっているが、自費出版であった。発行部数一〇〇〇部。

関根書店との関係は、賢治の父政次郎の従弟（しかし年は賢治より三歳下）にあたる関徳弥が、歌の師尾山篤二郎に題字をたのみ、それが縁で、尾山が書店へ配本の便をうるよう紹介してくれたものだった。しかしどの程度配本されたかはわからない。

結果はさんたんたるものであった。翌年二月九日、森佐一にあてた手紙がすべてを物語っている。

「前に私の自費で出した『春と修羅』も、亦それからあと只今まで書き付けてあるものも、これらはみな到底詩ではありません。私がこれから、何とかして完成したいと思つて居ります、或る心理学的な仕事の仕度に、正統な勉強の許されない間、境遇の許す限り、機会のある度毎に、いろいろな条件の下で書き取つて置く、ほんの粗硬な心象のスケッチでしかありません。私はあの無謀な『春と修羅』に於て、序文の考を主張し、歴史や宗教の位置を全く変換しようと企画し、それを基骨としたさまざまの生活を発表して、誰かに見て貰ひたいと、愚かにも考へたのです。あの篇々がいいも悪いもあつたものではないのです。私はあれを宗教家やいろいろの人たちに贈りました。その人たちはどこも見てくれませんでした。『春と修養』をありがたうといふ葉書も来てゐます。

前半のシニカルな展開は、後半のはげしい落胆部分を受けて書かれていて、ここは、いったん順序を逆に読んだ方がよい。

わずかに、辻潤、尾山篤二郎、佐藤惣之助が批評してくれたにすぎなかった。このうち、尾山篤二郎は、題字を頼んだいきさつがあって、生粋の批評はふたりだけであった。ただ辻と佐藤は友人関係で、当時思想的にもかなり近いところにいた。辻が一番上げ潮にのった大正十年秋、川崎市の砂子に、辻の借家を見つけたのは佐藤だった。その年、刊竹された佐藤の第四詩集『深紅の人』では、序辞の冒頭に、辻潤訳のスチルネルの「唯一者とその所有」の言葉がかざられる。佐藤が「日本詩人」大正十三年十二月号のなかの「大正十三年度最大の収獲である」という讃辞は辻潤との多少のやりとりもふまえて、書かれたものとかんがえてもよいだろう。

辻潤は、この年七月二十三日と二十四日、二日にわたって読売新聞に書いた「惰眠洞妄語」のなかで、『春と修羅』をいち早くとらえて話題にした。宮沢賢治という人はどこの人か、年はいくつなのか、なにをしているのか、私はまるで知らないが、まったく特異な個性の持ち主だ、とのべたあとで、「原体剣舞連」という詩の一部を引いて、書きつけた。

「原始林のにほいがプンプンする、真夜中の火山口から永遠の水霧にまき込まれて、アビスマルな心象がしきりに諸々の星座を物色している。——ナモサダルマブフンダリヤサス——トラのりふれんが時時きこえて来る。それには恐ろしい東北の訛がある。それは詩人の慟哭だ。」

そして、この夏、自分がアルプスへでも出かけるなら、ニーチェの『ツアラトウストラ』を忘れても、『春と修羅』をたずさえることは、かならず忘れはしないだろうとつけくわえた。

辻の意見は、新しい鋭い感覚と、精錬された智力と、強烈な意志をもった、新しい野蛮を創造することだと主張した人にふさわしい、破天荒だが毒に満ちた生気にあふれている。未来の羅針盤を、賢治の詩のなかに見てとったのであった。しかし、逆に、賢治が、この批評に内在する可能性をどこまで理解しえたかはうたがわしい。

そのころ、まだ無名であった若者のなかにも、ひそかに注目するものは居た。富永太郎と中原中也であった。富永は大花十四年一月十五日、友人正岡忠三郎にあてて、『春と修羅』のなかから、「蠕虫獅手」を書きうつして送った。彼の手帳のなかには、辻潤も引いた「原体剣舞連」が大事にうつしとられていだ。

2

中原中也は、昭和九年になって書いた、題のない文章のなかで論及した。

「彼の詩集『春と修羅』が出て、二年後、夜店で見つけて愛読し、友人には機会ある毎にその面白いことを伝へたのであつたが、私自身無名にして一般に伝へることが出来なかつた。」

さらに「宮沢賢治の詩」という文章のなかで、

「概念を出来るだけ遠ざけて、なるべく生の印象、新鮮な現識を、それが頭に浮ぶままを——つまり書いてゐる時その時の命の流れをも、むげに退けてはならないのでした。彼は想起される印象を、刻々新しい概念に、翻訳しつつあつたのです。」

わかりにくい文章だが、ここではっきり方法にこだわった発言をしている。

夜店では、ゾッキ本として、一冊五銭で売られていた。タダ同然である。中也は、大正十四年(一九二五)の暮れか、つぎの年のはじめの、寒い日にこの本を買った。

もうひとり、当時中国の広東にいた草野心平がいる。彼は中国で、大正十四年四月から、トウシャ印刷のうすっぺらな「銅鑼」という同人雑誌を月刊で出していた。そして、秋、日本に帰ると、賢治に原稿の依頼をした。第四号から、ずっと賢治の作品がのっている。

さて、ここでふと思われるのは、『春と修羅』に着目した数少ない人々が、富永太郎をのぞいて、いずれもアナキズム、ダダイズムの流れ、当時渦中にいるか外縁にいた人々だったことである。そういえば、先の手紙のあて先であった森佐一も、同じ傾向の「学校詩集」（これも草野心平が中心だった）の寄稿者であった。中原中也も、高橋新吉の「ダダイスト新吉の詩」におおいに感動していた。つまり、賢治の詩は、既成を拒むあたらしい人々によって祝福されたのであった。

ここは大事であろう。流れとしては、辻潤の新聞紙上の批評が口火を切るかたちになろうが、いずれにせよ、表現された言葉の内なる世界に渦まいている、みずみずしい生命欲ともいうべきものに、これらの人々は注目しているからである。辻潤が、「恐ろしい東北の訛」と表現し、中也が「書いてゐるその時の命の流れ」と言い切ったこととは、ここではけっして矛盾しない。自然（大地）に根ざした、自然と一体化した、汎生命力ともいうべき根源的な想像力にこそ刮目したのであった。

しかし、このときの賢治は、方法として自分に注がれている熱い眼差しに、まだ気づくことができなかった。方法であるがゆえに、未踏であるがゆえに、しいられている孤立に気づかなかった。その一点で、「歴史や宗教の位置を全く変喚しようと企画し」という、啓蒙的な効用論にふかく足をとられていたのであった。詩集の「序」にみずから書いた「わたくしという現象は、仮定された有機交流電燈のひとつの青い照明です」という、自分自身を虚構化する価値に、自分でこんなふうに発しながら、気づいていなかった。作品は、作品自身がつちかった、独自な生命力によってのみ存在するという、原初的な命題を、まだ自覚しえていなかったのである。

そこで宗教家などにつぎつぎと送りつけて、黙殺されるという、ほほえましい挫折を経験せねばならなかった。コッケイなのは、一〇〇〇部という刷り部数である。拍手カッサイを受けて、飛ぶように売れるとでも思ったのであろうか。

たとえば、中原中也の『山羊の歌』は、昭和九年刊行時、限定二〇〇部であった。この詩集も発行時は不運といわれたが、友人に小林秀雄や河上徹太郎がいて、それなりの評価はうることができた。『在りし日の歌』は、中也の死後、昭和十三年に刊行された。『山羊の歌』の成功によって、詩人としての地位は、確実に向上しつづけていたが、それでも初版の刷り部数は五〇〇部であった。賢治の錯覚は、先の啓蒙主義にあったと見てよいだろう。

いずれにせよ、賢治の生きる道は、表現の自立をめざすことにあった。「わたくしといふ現象」という、自己存在の相対化こそが、そのまま方法となるべきものであった。結果的に賢治はそれをめざした。これは、こんにち私たちがいちばんよく知るところである。

蛇紋山地《じゃもんさんち》に篝《かがり》をかかげ
ひのきの髪をうちゆすり

辻潤が引いた「原体剣舞連」の一節である。あらゆる好奇心をはらんで、野趣にあふれている。生命の自己増殖こそを人々に求めたのである。

『山形新聞』一九八二年八月三十一日／九月一日初出

今、振り返って——あとがきに代えて

人のばあいだと奇形児というのだろうか。私の手元には今、一九九〇年七月二〇日発行の奥付をもつ『深層の抒情——宮澤賢治と中原中也』という、四六判三〇〇ページをこし、その頃にはもうめずらしくなっていた活版印刷による一冊がある。発行所は矢立出版。装幀者は菊地信義。むろん私にとっても願ったり適ったりの、心揺さぶられるていねいな造りの一冊だった。もともとは八〇年代ぜんぶに亘って、これも矢立出版が出していた〈星座〉〈四次元実験工房〉などの誌に、そのつど読み切りとして発表してきた賢治ノート六篇に、そのなかに「中原中也の関心」という一章があったことも手伝って、「売れ筋をつくるためには中原中也をこれは書き下ろしでくわえよう」といわれて、こちらは五章だてで執筆した一冊だった。

この本、先に奇形児といったのは、もともと私の原稿は「抒情の深層」とあったのにたいし、菊地さんのカバーは「深層の抒情」として作成され、つまり、トビラとカバーの文言を違えたまま製本されてしまったからである。ちぐはぐのまま出来上がってしまったということだった。全本納品されてから気づいたというのが真相のようで、わざわざ写植をやめて活版にしたり、菊地さんに装幀依頼してくれたのも、すべて矢立さんの意気込みだっただけに、なんとも諦め切れぬ失敗だった。矢立さんからは何どもすまないねすまないねと頭を下げられ、このままでも大丈夫だといわれると、私のほうからは何もいうべきことはなかった。ただ出版関係の他の人たちからは、「ちゃんと刷りかえてもらいなさいよ、このままでは書評の対象にもできないよ」と、さんざん叱責された。

なにか割り切れないものがないでもなかったが、この時期、私にとっては生活の上でもとてもむずかしいところにさしかかっていた。連れあいが早期ガンにかかり、いったんは治癒したはずがちょっとした油断から再発して四十六歳で他界するのは、この本が出た二年後のことだった。けんめいに社史など、書いてお金になるものならなんでも引き受けて生活した期間だった。それでも、賢治の詩集『春と修羅』の発刊時、いち早く評価した辻潤の、伊藤野枝に大杉栄のもとに去られたあと妻になった小島キヨの日記が、とある小さな講演会でその娘さん（私と同じ齢）に出会ったことから届けられ、『辻潤への愛——小島キヨの生涯』という、創樹社からノンフィクションの一冊になったのも九〇年六月のことだった。ついでながら八九年秋には京都の白地社から、『世阿弥の夢——美の自立の條件』というエッセイ集も出ている。これも同人詩誌〈白鯨〉から、白地社の出していた〈而シテ〉という自立誌に書き継がれたもので、創樹社の玉井五一さん同様、今は亡き土岡忍さんが力を注いでくれた。と、こんなことを書いていると身震いしたくもなってくる。坪内稔典さんを通して、俳句、短歌の人びとと広く接触するようになったのもこの時期で、〈現代俳句〉にもお世話になった。
さて、その上で今ひとつ、書きとめておきたいことがある。賢治に関するかぎり、どうしても忘れえぬ人である。本文中にもわずかに出てくるが、内田朝雄という、今はもう亡くなったが、長く映画やテレビで悪役を演じて来た俳優である。『悪役の少年時代』（ポプラ社）という一九八五年の小学生向けの本のなかにかっこうの経歴がついているので、そのまま紹介しておこう。

一九二〇年八月一日、朝鮮北部の平壌に生まれる。一九三七年三月、朝鮮平壌府立第一中学校卒業。中学卒業と同時に満州炭鉱株式会社機械係りに就職する。一九四一年、福岡県の久留米戦車第一連隊に入隊する。一九四三年、玉砕寸前のサイパンに志願する。広島着と同時に作戦中止。九死に一生を得る。一九四七年、信州、飯綱山麓、霊仙寺の開拓村に入植する。一九五〇年、大阪の宇部興産に入社する。その頃、演劇研究をはじめる。一九五一年、円型劇場研究会、月光会を主宰する。一九五八年、芸能人なれした己れに不満。「根の花社」をおこし「根の花通信」（同人誌）を発行する。六十歳で思いがけない縁で『私の宮澤賢治』（農山漁村文化協会）を出版する。

ここで話が遡るが、自覚的に詩を書きはじめてまだ日の浅かった一九五〇年代の終わり頃、私は当時大阪にあって、戦後詩の一角を担った〈列島〉の創刊同人にも主力が名をつらねた詩誌〈山河〉の同人に誘われた。といってもこの誌、この頃には最盛期と同時に後退期を迎えるという奇妙な騒ぎを起こしたあとになっていた。つまり時代は職場や地域でサークル誌がすこぶる元気な頃にあたったが、そこでかねてから新しいリアリズム詩を模索していた同誌は、サークルのなかからもすぐれた書き手をメンバーにくわえて、同時に市販制をとるべく、とある書店に発行所を移したとたん、直接には年若い富岡多恵子の参加をめぐって、同人のあいだに意見が炸裂、新加入したサークル出身のメンバーをふくめて集団脱会があったからであった。といっても今ではなんのことだかわかるまい。わかりやすくするために、富岡多恵子の一九五八年度H氏賞受賞詩集『返礼』の中から、「はじまり・はじまり」の冒頭をかかげておこう。

なんでもええから反対せなあかん
この旗もって
もう出掛けな遅過ぎる
あんたには
えらい待たされた
あんたの雄弁はようわかった
ゆうべの雷で決心はついたやろ

あんたいうたら
あれもわかれへん
これもわかれへん
なにもわかれへん
なにもあれへん

政治デモを茶化しているような戯作調のこの種の詩が、脱会者には気に入らなかったのだろうか、ようするにこれがこの時代の空気だった。当時、大阪や京都には月刊詩誌〈現代詩〉をテキストにした研究会があったが、そこに出席していたこともあって、〈山河〉の創刊時からの編集長の浜田知章と知己になったことが私の参加の動機になった。

ほどなくして大阪・梅田で開かれていた〈山河〉同人会に出かけていってびっくりした。喧々騒々の噂にまみれた〈山河〉とはおよそうらはらに、少壮のドイツ文学者野村修に、久保栄の地味な研究をかさねていた大江昭三、浜田知章、そして内田朝雄らが、のんびりと日頃の消息を語り合うという態の雰囲気でテーブルを取り囲んでいたからであった。

これを機に、私は野村修からは、女役者を思わせるようなやさしい語り口とはまるで逆の、ブレヒトからエンツェンスベルガーにいたるドイツ表現主義を、ローザ・ルクセンブルクの動向などとともに学んだ。浜田知章からは長谷川龍生、花田清輝から安部公房にいたるこの国の近年のアヴァンギャルドの動向を、独特な楽屋裏を語るような口調のうちに知らされた。そして、内田朝雄にいたって、こののち長い歳月をとおして、めくるめく賢治を語る人として抜きさしならない人となる。というのも、〈山河〉は私がくわわってちょうど二年で、折から六〇年安保闘争時の時代になって29号から33号の五冊と〈山河通信〉と題したパンフレット四冊を発行して終焉したからである。長谷川龍生や富岡多恵子についで、浜田知章や内田朝雄の上京という事情もあったが、ここは、戦後詩としての〈山河〉は役目を終えたという観のほうが私には強い。最後の編集は最後という意識なしに私も手伝ったが、私自身はその時からそう思っていた。

そして六〇年代なかばになって、その頃には内田朝雄は円型劇場は後輩にゆずって、東京にあって、映画やテレビで悪役専門の俳優として活発にまみえるようになっていた。同時にこの人、軽自動車によるひとり旅を好む人だったが、同じ頃の夏のことだった。まだ東北縦貫自動車道などない頃で、折から岩手県水沢あたりを北へ向けて、車を走らせているときだった。ふと、「ああ、これがイーハトヴの空なのだ」と、はじめて童話作家の宮沢賢治を思い出したという。これだけだと別につけくわえることもないが、内田朝雄に面白いのは、賢治への関心を、最初から宗教と結びつけたことだった。誤解を避けるためにここは引いておこう。

修羅と状況への固執だよ君。

宗教が嫌いなら「見る」ことのすべての意味を究明し給え。科学の究極はここの「見る」ことを明らかにすることだ。だが、見るのは宗教だよ。科学は説明するだけだ。科学する、というけれどもあれは行為ではない。

行為は宗教にしかないのだよ。

語りながら賢治は涙を流す。歴史は何故こんなにもおそいのだろう。僕の生きていたときもそうだったが、今もそうだ。（『私の宮澤賢治』）

いうまでもなく同じ時点の頃の私はまだ、「宗教は阿片なり」型の無宗教にどっぷりつかっていた。内田朝雄という人は変わった人で、凝るともうどんなわきみもできない型で、この頃はもう会うと何時間でも賢治だった。森繁久弥等の舞台にもふけ役として出て、大阪公演のときには舞台裏へもよく招いてくれたが、そんなときにも舞台衣裳をつけたまま賢治の話で、「出番ですよ」とマイクが入ると、「じゃ」と立ち上がって消えていった。そこで私はジョン・バンヤンの『天路歴程』からホーソンの『天国鉄道』、さらに清沢満之、暁烏敏、多田鼎ら近代仏教人の手ほどきを受けた。最後がウィリアム・ジェイムズだった。この段階で、私のなかでも賢治が忘れがたい人となる。矢立さんから声をかけられたとき、私に躊躇がなかったのは、こんな経過を経たからで、内田朝雄のこの這いまわるような賢治追跡が、人ごとでなくなった気がしたからであった。今度、あらためて本の表題に選んだ「二度生まれの子」は、いうまでもなくジェイムズから来ている。なかから一か所だけ引いておこう。

ここで、ウィリアム・ジェイムズのいう、二度生まれの子についてちょっと書いておきたい。一度生まれの子とは、神の存在を美しい調和ある世界に生命を与える霊、慈悲ぶかい親切な、清純であるとともに恵み深いお方として見ることのできる人である。つまり宗教に入ることは、彼らにとってたいへん幸福なことになれることだ。これにたいして二度生まれの人間は、とウィリアム・ジェイムズは書いている。「二度生まれの人間が報告しているような恍惚たる幸福にいたるもっとも確実な道は、歴史的な事実が示しているように、私たちがこれまで考察してきたいずれよりもいっそう徹底した厭世主義を通過して辿りつかれたものであった。

その上で私は賢治と妹トシと作品をめぐる関係を、ある面ではユングのいうシャドウ（影）に似た関係ともかんがえている。文中でものべているが、その根拠は、賢治にとって若い学生時分のしたしい友であった高橋秀松の「寄宿舎での賢治」でのべられている、賢治がこの頃書いていたという暗号文字による詩と歌の日記と、当時東京の女子大にあって、一週間に一度はかならず書いてよこしたという妹トシの手紙が、とても大事に思えるからである。高橋氏もいっしょに読み合ったというが、「敏子さんの文章と文字は賢治のそれとは比べものにならぬ程優れたものであった」とあるからである。弟の清六に聞いたら、何ものも残していないといったとあるが、とすれば、生前賢治がすでに処分したということだろうか。

ともあれ、話を戻して、内田朝雄という人はみずから乞うかたちで賢治をさまよい、ひとつずつ躓くごとに、考証をかさねた人であった。私にとっては読み手の自由を、どんな偏見も持たずに堪能し、戦後詩の時間の内にいるあいだに示してくれた人だった。そこにはかつて、玉砕寸前のサイパン島行きを志願した、この世代特有の生と死にたいするいとおしみもあるかも知れない。しかし、私にとっては、こういう内田朝雄のような在野の読み手を惹きつける、賢治文学のしたたかさをも思わずには居られない。

今回、たまたま野沢啓さんと知己を得たことで、密かに保存していた矢立版の最後の一冊を進呈したところ、はからずも賢治論の一冊として、未來社の「シリーズ・転換期を読む」の一冊にくわえていただくことになった。存外の喜びという他ない。そこで以後に山形新聞に書いた一文をくわえて一冊とした。

二〇二三年九月二三日

倉橋健一

［解説］倉橋健一『宮澤賢治』について

たかとう匡子

倉橋健一は、かつて「列島」の運動と呼応して、浜田知章を中心に大阪の風土のなかで行動的リアリズムの力強い方法を展開した「山河」の同人で、当時から論客として知られていた。私が最初に出会ったのは若かりし五〇年代の終わり頃だったから半世紀以上に亘るずいぶん古い頃からの知り合いということになる。「山河」は33号で停刊するが、その号の編集をしたのも倉橋健一だった。そのあと「白鯨」の時代に入っての倉橋健一は私には実にめくるめく詩人に見えた。けれども私の住まいする神戸ではその存在があまりにも過激的だったからか、トロツキストとか過激派と言われていた。

ところで、九〇年代はじめ、私もさそわれて入った「遅刻」には寺島珠雄のようなアナキズムの詩人もいて、私はそこでひたすら「戰死ヤアハレ」という作品などで知られる伊勢出身の学徒兵詩人竹内浩三の境涯を求めて『竹内浩三をめぐる旅』を連載したが、同人だった倉橋はなぜかこの誌への関心はうすく、ここでの作品活動はほとんどしていない。その彼がなぜ宮澤賢治を書くことになったのか。その動機については「あとがき」にあるからここでは省くが、ある意味では「白鯨」の八〇年代に入って、私生活のなかにも文学のなかにもいろいろと大変なことがあったのだと思う。しかしその頃は小島キヨを書いたり、世阿弥論を書いたり、地道な表現活動は継続している。この小島キヨのなかに辻潤がでてくる。辻潤は宮澤賢治を最初に発見した人である。だから倉橋のなかで賢治は辻潤などを通じて早くからつながっていた。矢立出版から出版の話があって引き受けた理由はこんなところにもあると思う。

そのうえで文中にも登場する内田朝雄の影響を見逃すわけにはいかない。倉橋はすでに「山河」の同人だった内田朝雄とは一九五〇年代の終わりころ、誘われて同人となった「山河」で出会っている。誘われたのはおそらく当時の詩誌のひとつだった「現代詩」で新人賞の佳作となり広く注目されていたからだろう。内田朝雄は戦後、会社勤めを経て、一九五一年大阪で円型劇場研究会（月光会）を主宰。ギリシャ時代の円型劇場を復活させようと、こんなことを考える人だったから一風変わっている。以降、テレビ、映画の世界にとびこんだ。主としてヤクザ映画の悪役で有名になる。しかし内田にはもうひとつの顔があり、宮澤賢治研究に熱心で、著書に『私の宮沢賢治』、『続・私の宮沢賢治』を残した。この頃、宮澤賢治については深澤七郎の『楢山節考』の出た翌年だったが『宮澤賢治全集』が刊行され、中村稔の『宮沢賢治』、天沢退二郎の『宮澤賢治の彼方へ』など、すぐれた賢治論がつぎつぎと書かれて、ある種のブームとなっていた。しかし内田朝雄のこの本はプロフェッショナルな研究者の類とはひと味違って、好奇心に駆られるままに手当り次第と言ってもいいほど野趣に溢れ奇抜さに満ちている。

言うならば石川淳が『文学大概』で説いたような闇の戸口から書き出す。書きながら考える、一歩あるいて、見えたものを書く。書いている現時点で次の主題を見つけて書く、いわゆる通常私たちが知る論究型の体裁をとっていない。倉橋も内田朝雄のそこに共感。本書は六つの章を、最初の章を受けて次の章へ、そしてまた次の章へとひたすら宮澤賢治の作品を読みこみながらその都度結果を受けて書くというスタイルをとっている。結果的にそれが六つの短編小説を重ねて、ひとつのテーマを語るということと同じかたちになった。ここは内田朝雄からヒントをもらったともいえるが、物を書く姿勢、作品を理解するとはまさにこうあるべきだろうと私は思う。

ところで最初の章のタイトルは「修羅の自覚」である。賢治にとっての「修羅」とはなにか。ここを問題にしないでは何も始まらないと思ったのだろう。詩集『春と修羅』と同名の詩「春と修羅」はこのように歌い出される。

心象のはいいろはがねから
あけびのつるはくもにからまり
のばらのやぶや腐植の湿地
いちめんのいちめんの諂曲《てんごく》模様
(正午の管楽よりもしげく

琥珀のかけらがそそぐとき）
いかりのにがさまた青さ
四月の気層のひかりの底を
唾《つばき》し　はぎしりゆききする
おれはひとりの修羅なのだ

（中略）

その暗い脚並からは
天山の雪の稜さへひかるのに
（かげろふの波と白い偏光）
まことのことばはうしなはれ
雲はちぎれてそらをとぶ
ああかがやきの四月の底を
はぎしり燃えてゆききする
おれはひとりの修羅なのだ

賢治が自分自身を語っている詩だ。冒頭から心象スケッチとして歌い出されている。「おれはひとりの修羅」ではあるが、光り輝く春のなかにいる。ここは賢治文学のコア（＝核）となるところで、修羅とは何かを追求することで自分も属する農民との関係が出てくる。賢治からすればひたすら〈農民の中へ〉ということだが、その思いはけっして成就しない。「諂曲」というのは自分の意志を曲げて従う、媚びへつらうという意味。ここに出てくる「琥珀」はおおむね黄色か半透明の一種の石のかたまりをいうが、その琥珀がそそぐとき「いかりのにがさまた青さ」というから、自分は琥珀とは対極の存在であるということになる。だから「おれはひとりの修羅」。「修羅」とは仏教でいう〈六道〉、天上、人間、修羅、畜生、餓鬼、地獄のなかのひとつで、天地のはげしく揺らめく、人間存在の醜さを指し、ここに賢治の「苦」があり、賢治はそこを凝視することですべてのはじまりとした。倉橋は「父政次郎を中心とする大きな漆黒から、たえず孤独を強いられねばならなかった賢治は、他方では、宮澤マキそのものにたいする貧しい農民たちの呪詛のような眼差しをも一身に浴びねばならなかったのである。修羅とは、この二重に屈折した心情の漂白した姿ではあるまいか。ゆえにまた修羅に生きることを自覚しえたことで、修羅から仏へいたる道としての安心と自由の根源性を獲得しえたと言いうる」と言う。

　ところで父は賢治が長男であるかぎりは質屋の家を継がせたいと思ったのだろう。それで店先に座って仕事をさせる。すると貧しい村人が手垢で汚れてかちかちになった座布団を質草としてお金を借りにくる。賢治は村人の言うがままにお金を貸しながら、逆に自分を取り巻く農民たちの生活の苦しさを知らしめられる結果となった。なんとかして〈農民の中へ〉と思うが豪農という支配階級に生まれたために、賢治がいくら農民に心を寄せても壁にぶつかる。こういう家の壁、農村、農民の壁、そこが埋まらないというふうに賢治は絶望を経験する。賢治のこの絶望という大きな挫折に倉橋健一は注目する。そして挫折をとおして彼岸幻想のように現れてきたのが賢治の童話。絶望を経験したから、賢治の文学は成り立つ。倉橋は悲しみがわからない者に文学はわからないという。これは倉橋健一の本書に通底するテーマだ。と同時に、ここからは賢治の童話であるが、倉橋は賢治と妹トシとをセットにして考えているようだ。トシの影響がたくさんあり、トシは作中で幻想化されている。トシとダブルイメージになっている。ここが賢治の童話の極地だとも言う。つづけて「暗号ノート」に触れながらこのように言っている。

トシの死によって書かれた『無声慟哭』を、その余りに早い客体化にとまどうむきもあるようだが、大トランクいっぱいの草稿の出立同様、私は暗号ノートと呼ばれる一連の作業のなかに、たしかな眼差しで見つめておきたいと思う。童話以前の童話への身妊りに、汎生命体としてのトシの存在は、はるかな転生の契機としてかかわりつづけたはずであった。

賢治は一九二九（大正四）年、十九歳のとき盛岡高等農林学校に入学し、三年間寄宿舎生活をおくっているが、このときトシは同時に日本女子大に入学し寄宿生活だった。そしてトシは一週間に一度、消息もかねて賢治に手紙を出している。倉橋はここで「暗号ノートと呼ばれる一連の作業のなかに」とさり気なく書いているが、この「暗号ノート」というのは作品形式のノートで、あるときはドラマ形式だったり、仮構をほどこしたものだったりしたもので、単なる手紙（私信）と考えてしまわないほうがよいだろう。というのは盛岡高等農林学校時代の友人だった高橋秀松の、当時を裏付ける唯一の証言があり、トシから手紙が来るたびに賢治と一緒に見ていたと高橋は言っているからだが、その当時の手紙は一通も出てきていない。のちに弟の清六はトシの手紙も「暗号ノート」も手元にないと言っている。となると生前賢治がすべて焼き捨てたか、勘ぐれば清六が隠しているかだが、本当のところはわからない。そもそも賢治の童話には兄と妹との設定が多い。「風の又三郎」や「めくらぶどうと虹」などはほとんどひらがなで、トーンは女性の語り言葉。トシの感じ方を文字化したのではないかと思うにつけても、トシがときにはドラマチックなお話を手紙に託して送っていたとは倉橋の想像の範囲での話だ。賢治の想像力はトシによってもひろがっていったと思っている。それにしても賢治は童話作家と言われているが、はじめから童話が好きでなったのではない。また童話を研究してなったのでもない。家を継げと言われてノンと言い、農林学校に行き肥料技師になって農民生活の救済に役立とうとするが挫折。その絶望の結果が童話になった。それにしてもなぜ童話だったのだろう。小説は基本的には人間のドラマで人間を問題にするが、童話は動物、植物、物象を含めて、自然界の生きとし生けるものを扱うジャンルで、賢治のばあいは電信柱のような人間以外の無機物も参入してきて展開していく。宇宙までも含めて何でもありだからジャンルが広い。賢治の住まいする岩手県そのものが童話の王国、イーハトーブとなった。

はじめにもすこし触れたが、本書はもともと矢立出版から出された『深層の抒情――宮澤賢治と中原中也』から、今回『シリーズ・転換期を読む』の一冊として「宮澤賢治」だけを『宮澤賢治――二度生まれの子』と書名も新たに出版されることになった。終章の「二度生まれの子」がそのままサブタイトルとして使われている。倉橋は本書で「二度生まれの子」についてつぎのように述べている。

ここで、ウィリアム・ジェイムズのいう、二、度、生、ま、れ、の、子、についてちょっと書いておきたい。一、度、生、ま、れ、の、子とは、神の存在を美しい調和ある世界に生命を与える霊、慈悲ぶかい親切な、清純であるとともに恵み深いお方として見ることのできる人である。つまり宗教に入ることは、彼らにとってたいへん幸福なことになれることだ。これにたいして二度生まれの人間は、とウィリアム・ジェイムズは書いている。「二度生まれの人間が報告しているような恍惚たる幸福にいたるもっとも確実な道は、歴史的な事実が示しているように、私たちがこれまで考察してきたいずれよりもいっそう徹底した厭世主義を通過して辿りつかれたものであった。」（後略）」

ジェイムズは、一度生まれの人間は健全な心の宗教であり、それにたいして二度生まれの人間は病める魂の持ち主と要約している。善にたいして、どれも胸にむかついて顔をそむけたくなるような状態が、二度生まれの人間にはおとずれなくてはならない。

倉橋健一はウイリアム・ジェイムズの言った「二度生まれの子」、この言葉を知って深く共感した。生活意識に駆り立てられることによって、修羅の自覚に到達、そこで改めて宗教についても関心を深めるのであるから、まさに賢治は二度生まれの子だと懸命に論じている。

考えてみれば、今日世界は冷戦構造がなくなってアメリカ一強になったとき、イスラム勢力が出てきて、9・11があり、もともと近代の戦争は国と国との、あるいは階級間の争いだったのに、急に宗教が世界構造の表舞台に改めて登場してきた。それにしても正月は神社に行って柏手を打ち、八月にはお墓参りに行って手を合わせて合掌する、それ以外の日は無色というような私たち一般の日本人にとって、露骨に宗教とは、と言われても馴染みにくい。賢治の家は浄土真宗の檀家で、小さいころから花巻仏教会に行っていたことも知られている。しかし倉橋は賢治の書くイーハトーブ＝童話の世界を世俗的な狭い意味で宗教目的のための芸術と解釈してしまえるような作品はないと言っている。賢治は精神の領域を大事にしたのであって、イーハトーブこそがそのまま彼の宗教だったのだ。ドストエフスキーやニーチェで語られるヨーロッパのキリスト教の神のようなものでもなく、あえていえば生きとし生けるものの共存のような理想社会へのあこがれを指すのではないだろうか。私ごとになるが、かつて私は空襲で手をつないで逃げていた三歳の妹がはぐれて火に巻き込まれて死んで、死んだのは戦争のせい、私は被害者、自分だけが生き残ったなどと考えて『ヨシコが燃えた』という詩集を編んだが、父は不機嫌だった。戦争のせいであろうと何であろうと、幼なごを守れなかった親の責任として、父は父なりの受苦を背負うからだろう。この父の気持ちを重ねることで、これが宗教。守れなかった、これが賢治のなかで使われている賢治の宗教、思想だと私は思いたい。今、物質的メカニズムに囲まれて暮らしている私たちからみれば自然と一体となって暮らす賢治はなおのことユートピアにみえるが、倉橋健一は文学は実社会からみたらつまずきの石、私たちの文学の根っこも宮澤賢治もそこにあると言う。

〔著者略歴〕
倉橋健一（くらはし・けんいち）
1934年、京都市生まれ。詩人、評論家。『山河』『白鯨』を経て、現在は『イリプス』同人。長年、大阪にあって詩と評論活動を展開し、現在も文学私塾「ペラゴス」を主宰するかたわら、各地で講座をもつ。詩集に『寒い朝』『暗いエリナ』『化身』（地球賞）『失せる故郷』（歴程賞）、『無限抱擁』（現代詩人賞）、『倉橋健一詩集』（現代詩文庫）など、評論集に『未了性としての人間』『詩が円熟するとき——詩的60年代環流』『歌について——啄木と茂吉をめぐるノート』、『倉橋健一選集』全6巻（澪標）、評伝、ノンフィクション『辻潤への愛——小島キヨの生涯』『工匠——31人のマエストロ』などがある。

[転換期を読む 32]
宮澤賢治——二度生まれの子

2023年11月22日　初版第一刷発行

本体2000円＋税——定価
——著者

西谷能英——発行者

株式会社　未來社——発行所
東京都世田谷区船橋1－18－9
振替00170-3-87385
電話(03)6432-6281
http://www.miraisha.co.jp/
Email:info@miraisha.co.jp

萩原印刷——印刷・製本

ISBN 978-4-624-93452-1 C0392

言語隠喩論
野沢啓著

さまざまな哲学的・思想的知見を渉猟しつつ、著者が詩を書くという実践をとおして言語の創造的本質である隠喩性を明らかにする。誰も試みたことのない詩人による実践的言語論。

二八〇〇円

ことばという戦慄
――言語隠喩論の詩的フィールドワーク
野沢啓著

近現代詩という豊穣な言語世界を広く深く渉猟し、詩人たちとその言語生産の実相を、言語そのものの構造と詩人の言語意識との格闘のなかに見出そうとする『言語隠喩論』応用篇。

二八〇〇円

〔新版〕方法としての戦後詩
野沢啓著

戦後四〇年が経過した時点で書かれた本格的な詩史論。現代詩の原点への確認と再考をうながす戦後詩の綿密なフィールドワーク。大岡信氏推薦の力作評論。八重洋一郎氏＝解説。

二四〇〇円

〔新版〕立原道造
郷原　宏著

〔抒情の逆説〕永遠の青年詩人・立原道造は近代詩史のなかでも燦然と輝く抒情詩の名手であるが、著者によるスリリングな解読は道造理解へのさらなる道を開く。立原論の決定版。

二四〇〇円

岸辺のない海　石原吉郎ノート
郷原　宏著

極寒の地シベリアに八年にわたって抑留され、苛酷な労働と非人間的な強制収容所生活で人間のぎりぎりの本質を見とどけて帰還した石原吉郎をめぐる力作評伝。石原論の決定版。

三八〇〇円

〔消費税別〕